KB089808

뜨거운 양철지붕 위의 고양이

테네시 윌리엄스 지음 | **오화섭** 옮김

B 범우

차 례

■ 이 책을 읽는 분에게

테네시 윌리엄스는 아서 밀러(Arthur Miller;1915~2005)와 더불어 미국 현대 극에 새로운 극예술의 지평을 열어준 극작가다.

그는 희곡뿐만 아니라 시, 논문, 소설, 시나리오, 회상록 등 많은 작품을 썼는데 희곡만 하더라도 무려 70여 편을 발표했다.

윌리엄스는 이 많은 희곡 작품에서 자기가 살아온 미국의 남부지방을 무대로 하여 현대사회의 모순과 그 속에서 신음하는 인간의 실존의식을 추구하고 있는데, 그의 주제 의식은 현대생활의 특정한 면에 집중되어 있다. 이를테면 이러한 주제를 심리학적 공간 속에다 투영시키면서 다른 한편으로는 정신분석학적 문제로 압축시키는 동시에 가장 미국적인 문제 제기에서부터 현대사회 전역으로 확대시키고 있는 것이다.

따라서 그의 작품 세계는 심리적 리얼리즘에 속한다고 할 수 있는데, 그의 리얼리즘은 유리알처럼 투명하고 맑다. 그 속에는 항상 꿈과 추억과 환상으로 내적인 생명이 눈을 뜨고 있다.

이런 관점에서 〈뜨거운 양철지붕 위의 고양이(Cat on a Hot Tin Roof)〉는 작가의 근본적 세계를 가장 명료하게 나타낸 대표작이라 하겠다.

윌리엄스는 이 작품으로 〈욕망이라는 이름의 전차〉에 이어 두번째 퓰리처상 수상이라는 영광을 누렸을 뿐 아니라 뉴욕 극평가상·도널드슨상을 수상함으로써 불멸의 작가로 남게 되었다.

윌리엄스에게 화려한 극작가 시대를 열어준 〈유리 동물원〉 집필로부터 꼭 10년 만에 발표한 〈뜨거운 양철지붕 위의 고양이〉는 작가가 가장 의욕적인 시기에 쓴 것으로 알코올 중독, 성도착주의, 황금만능주의 등 현대문명이 안고 있는 온갖 죄악과 부패상을 극명하게 그려내고 있다. 즉 인간의 아름다움보다는 추악상을, 양지보다는 음지에 움츠러든 인간상을 그리면서도 그 악의 꽃들이 이루어 놓은 도취감과 히스테리컬한 불안과 초조, 그리고 도착된 섹스에서 오는 환상적인 쾌락의 그림자를 투영시킴으로써 현대인의 황량하고 살벌한 불모지대를 집요하게 파고들고 있다.

독자는 이 작품을 통해 환상적인 시의 세계를 꾸려 나가면서 현실을 준열하게 관조하려는 윌리엄스의 희곡 세계에 거듭 탄복하고 공감하게 될 것이다.

1991년 6월 편 집 자

뜨거운 양철지붕 위의 고양이

Cat on Hot Tin Roof

■ 등장 인물

레이시

슈　키

마거릿

브리크

메　이

쿠　퍼

할머니

딕　시

버스터

샤　니

트릭시

할아버지

투커 목사

보오 의사

데이지

브라이트

스　몰

때 : 어느 여름날 저녁

곳 : 미시시피 델타 대지주의 저택

□ 무대 장치가를 위한 설명

 미시시피 델타(三角洲) 어느 대지주 저택의 침실 겸 응접실로 쓰이는 방. 이 집 이층은 전체가 베란다로 둘러 있는 듯하다. 베란다로 나가는 커다란 문이 두 개 있는데, 이 문을 열면 맑은 여름 하늘과 대조되는 하얀 난간이 보인다. 배경이 되는 이 하늘은 연극이 진행됨에 따라 점점 어두워졌다가 아주 캄캄해진다. 물론 막간 15분 간은 예외다.

 이 방의 스타일은 우리가 생각하는 이 삼각주에서 제일 큰 목화 재배자의 집 같지 않고 빅토리아 시대의 냄새가 풍기며, 약간의 극동적인 분위기도 느낄 수 있다. 원래 이 방의 소유자였던 잭 스트로와 피터 오켈로가 쓰던 때와 별로 변한 것이 없다. 이 두 사람은 늙어 죽을 때까지 총각으로 이 방에서 같이 지냈다. 다시 말하면 이 방은 무슨 귀신 같은 것을 연상케 만든다. 그들 두 사람 사이에는 예사롭지 않은 애정 관계가 있었기 때문에 은은하고 시적인 분위기가 감돈다. 이런 얘기는 여기엔 좀 부적당하고 불필요한 얘기인지는 모르겠지만, 저 사모아 섬에 있는 로버트 루이 스티븐슨 집의 베란다를 찍은 희미해진 사진의 재생을 본 적이 있다. 스티븐슨은 그의 말년을 이곳에서 보냈는데, 현관에 있는 가구 등이 대(竹)와 버들가지로 만든 것인데도 열대 지

방의 뜨거운 햇볕과 비를 맞고 자란 재목이기 때문에 사랑
스런 빛이 어리고 있었다. 내가 이 연극의 무대 장치에 대해
서 생각했을 때, 내 마음에 떠오른 것이 바로 그 집이었다.
아름다움과 밝은 평온을 우리 마음에 안겨 주고, 어느 맑은
여름날 오후 우리에게 선사하는 안온한 분위기. 그 무엇이
나, 비록 죽음의 공포까지도 부드럽게 어루만져 잠재울 수
있는 그 분위기가 어려 있어야 한다. 무대 장치는 연극의 배
경이며, 연극은 인간 감정의 극치를 나타내는 것이기 때문
에 이러한 분위기가 필요하다.

　한쪽 측면에 목욕탕 문이 있는데, 문을 열면 옥색 타일과
은색 수건걸이만이 보인다. 맞은편엔 마루로 가는 문이 있
다. 두 개의 가구에 대해서는 특히 언급해 둘 필요가 있다.
그 하나는 커다란 더블베드인데, 이 침대는 그 배치 여하에
따라 이 연극 세트 중 가장 기능적인 부분을 이루게 된다.
침대 위에 앉은 사람이 더 잘 보이도록 약간 경사가 졌고,
무대 뒷면이 커다란 더블도어 사이의 벽면에 놓여 있다. 또
하나의 가구는 우리 시대의 기념비적인 기형물이다. 그것은
라디오 겸용 전축(스피커가 세 개 달린 하이파이), 텔레비전 세
트, 그리고 많은 술잔과 술병이 들어 있는 찬장이 한데 붙어
있는 가구다. 희미한 은빛 색조와 반사되는 잔들의 젖빛 색
조로 구성되어 있고, 내부의 세피아(황갈색) 색조와 하늘의
서늘한(흰색과 푸른색) 색조 사이의 중간 연결을 하는 물건이
다.

이 기념비적 가구는 아주 완전하고 압축된 소신전(小神殿)과도 같아서, 이 연극의 주인공들이 직면하는 그런 종류의 고민에서 빠져 나오고 싶을 때 찾는, 모든 안락과 환상을 우리에게 주는 것이다. 장치는 내가 위에서 말한 것보다 훨씬 비사실적이어야 한다. 천장 아래 벽들은 신비스럽게 용해되어 대기 속으로 녹아 들어가야 한다. 이 장치의 지붕은 하늘이어야 한다. 달과 별은 마치 초점을 잘 맞추지 않은 망원경으로 볼 때처럼 희고 뽀얀 선으로 암시할 수 있다.

이 밖에 또 무엇이 있을까? 아 참, 부채 모양의 광창(펼친 유리 부채같이 생긴 채광창)이 문마다 그 위에 달려 있는데, 창살은 청색과 호박색이다. 무엇보다도 장치가가 생각해야 할 점은 배우가 마음대로 움직일 수 있는 공간을 마련해야 된다는 것이다. (그들의 초조감이나 금세 터질 것 같은 격정을 나타내기 위한) 말하자면 발레의 세트처럼 말이다.

어느 여름날 저녁, 이 연극은 중간 휴식이 두 번 있을 뿐 계속된다.

제 1 막

막이 오르자 목욕탕 문을 반쯤 열어 놓고 누가 목욕을
하고 있다. 아름답고 젊은 여자가 얼굴을 찌푸리고 침
실로 들어와서 목욕탕 쪽으로 건너간다.

마 거 릿 (물소리보다 더 큰 소리로) 모가지 없는 도깨비 한
놈이 뜨거운 버터 비스킷으로 나를 쳤지 뭐예
요. 옷을 갈아입어야 한단 말예요.

마거릿의 말소리는 빠르기도 하고 느리기도 하다. 긴
얘기를 할 때는 신부가 미사 볼 때처럼 목소리를 바꾸
며 대사를 노래하다시피 하고, 언제나 숨을 쉴 사이도
없이 계속하기 때문에 다음 말을 할 때는 숨을 헐떡거
린다. 어떤 때는 대사를 가사 없는 노래 '라라라라' 식
으로 흘려 버린다. 물소리가 그치고 브리크는 아직 보
이지 않은 채 마거릿에게 말한다. 그가 마거릿과 말할
때는 그의 무관심 내지 그 이상의 것을 감추고 관심을

가장해서 말하는 것이 특징이다.

브 리 크 뭐라고 그랬지? 물소리 때문에 듣지 못했어.

마 거 릿 아이 참! 금세 얘기하지 않았어요! 그놈의 모가
지 없는 도깨비 한 마리가 내 고운 레이스 드레
스를 망쳐 놓았다니까. 그래서 옷을 가— 알 —
아 입어야겠어요.

옷장 서랍을 열었다가 발로 차서 닫는다.

브 리 크 조카들을 왜 그렇게 부르지?

마 거 릿 모가지가 없으니까요! 그보다 더 타당한 이유가
있어요?

브 리 크 목이 없다구?

마 거 릿 하나도 안 보이는걸. 그 통통한 작은 머리가 통
통한 작은 몸뚱이 위에 바짝 달라붙어 있거든
요.

브 리 크 그거 안됐군.

마 거 릿 안됐구말구요. 비틀어 버릴래도 비틀 목이 없으
니까. 안 그래요? (옷을 벗고 레이스가 달린 상아빛
새틴 속치마 바람이다) 그래요, 그 애들은 다 목 없
는 도깨비들이야. 목이 없는 사람은 다 도깨비
라니까요. (애들이 아래층에서 떠들어댄다) 들려요,
저 아우성 소리? 목도 없는 주제에 어디서 저런

소리가 나오는지 몰라. 저녁 식사 때 어찌나 신경질이 나든지 고개를 쳐들고 아칸소 주 끝이나 루이지애나 주, 그리고 테네시 주 일부에까지 들릴 만큼 큰소리를 지르고 싶었어요. 당신의 어여쁜 형수님께 이렇게 말했죠. "형님, 이 귀한 아기님들은 비닐 식탁보를 깐 다른 상에서 먹게 할 수 없을까요?" 그렇게 법석을 떠는데 예쁜 레이스 식탁보가 어울릴 리 없잖아요. 그러자 형님은 눈을 괴상하게 뜨면서 이렇게 말했어요. "아아아니, 무슨 말을. 할아버지 생신날인데 그게 될 말이야? 아버님이 노하실걸." 그런데요, 내 말 좀 들어 봐요. 아버님은 그 모가지 없는 도깨비 다섯 놈이 콧물 침물 흘리면서 음식에 달려드니까 단 2분도 못 가서 수저를 놓으시고 호통을 치셨어요. "얘 쿠퍼야, 왜 저 돼지 새끼들을 부엌 여물통에다 처넣지 않느냐?" — 정말 나 같으면 자살이라도 했을 거야 — 생각해 봐요, 여보. 다섯 놈이나 있는데 여섯째가 또 나온대요. 시골 박람회에 전시하러 데리고 온 짐승들처럼 전부 몰고 왔단 말예요. 그리고 애들 보고 밤낮 재롱을 떨래지. "큰놈아, 할아버지 보시게 그것 좀 해봐라, 이것도 하고. 이쁜이는 시 낭독 좀 해보고, 꼬마야, 네 보조개

좀 보여 드릴래? 넌 거꾸로 서 봐" 하고 한시도
쉬지 않고 시키거든요. 그때마다 당신과 나는
애 하나도 못 낳았다는 사실을 비꼬아요. 우리
는 전혀 애가 없으니까 전적으로 소용없는 인간
이라는 점을 은근히 암시한단 말예요 — 물론
우스운 얘기지만, 그이들이 계획하고 있는 것을
생각하면 괘씸하단 말예요.

브 리 크 (아무런 흥미도 없이) 무슨 계획을 하고 있단 말이
오?

마 거 릿 아니, 당신은 그것도 모른단 말예요?

브 리 크 (욕실에서 나타나며) 몰라. 무슨 계획들을 하고 있
는지 알 수가 있나.

그는 목욕탕 문간에 서서 수건으로 머리를 말리고 있
다. 한쪽 발목을 다쳐서 석고를 붙이고 붕대로 감았기
때문에 수건걸이에 기대어 서 있다. 그는 아직도 소년
처럼 날씬하고 단단하다. 아직은 술 때문에 그의 외모
가 상해 보이지는 않는다. 살아가기 위한 투쟁을 포기
한 사람들만이 가질 수 있는 초연하고 시원시원한 표정
을 가지고 있기 때문에 한층 더 매력적이다. 그러나 때
때로 어떤 고통과 직면하면 마치 맑은 하늘에 번개가
번쩍이듯 무엇인가 빛을 발한다. 그것은 그의 마음속
깊은 곳에는 평화와는 거리가 먼 무엇이 깃들이고 있다

는 증거다. 그는 강한 불빛 속에서는 녹아 버릴 것 같
은 인상을 줄지도 모르나 복도에서 들어오는, 희미하지
만 따스한 불빛이 그를 부드럽게 나타내고 있다.

마 거 릿 무슨 계획인지 말해 드리죠, 도련님! 아버님 재
산에 당신은 손도 못 대게 하려는 거예요. 그리
구 ― (다음 말을 하기 전에 잠깐 표정이 굳어진다. 마치
그 말이 털어놓기 곤란한 개인적인 고백이나 되는 것처럼
목소리를 낮춘다) ― 우린 아버님이 저 ― 암으로
돌아가실 걸 알고 있고요. (저 아래 잔디밭에서 사
람들의 목소리가 들려 온다. 서로 길게 소리를 뽑으며 부
르는 소리. 마거릿은 아무것도 걸치지 않은 두 팔을 들어
올리고 분칠을 하며 가벼운 한숨을 쉰다. 속눈썹을 매만
지려고 확대경의 각도를 맞춘다. 그러고는 초조한 듯이
일어나며) 방안이 너무 밝아서 ―

브 리 크 (부드럽게, 그러나 날카롭게) 정말이오?

마 거 릿 뭐가요?

브 리 크 아버지가 암으로 돌아가실 거라는 거.

마 거 릿 오늘 진단서를 받았어요.

브 리 크 그래……?

마 거 릿 (대나무 발을 내린다. 금물결을 일으키는 긴 그림자가 방
안에 깃들인다) 네, 방금 받았어요. 하지만 난 놀
라지 않았어요. (마거릿의 목소리엔 변화가 있고 음악

이 있다. 어떤 때는 소년같이 목소리를 낮추기 때문에 마치 그녀가 애들처럼 장난으로 소년의 목소리를 흉내내는 것 같은 인상을 받게 된다) 지난 봄 우리가 이곳에 오자마자 난 그런 증세를 눈치챘어요. 아주버님 내외도 틀림없이 그런 낌새를 챘을 거야. 여름마다 그레이트 스모키즈로 피서 가던 걸 집어치우고 한 떼를 몰고 와서 아우성치는 것만 봐도 알 수 있거든요. 또 요새 왜 그렇게 레인보우 힐 얘기가 나오는지 아세요? 당신도 그곳이 어떤 곳인지 알죠? 영화에서 알코올 중독자나 마약 중독자를 치료하는 유명한 곳이에요.

브 리 크 내가 영화와 무슨 상관이야.

마 거 릿 그야 상관없죠. 마약도 안 쓰니까. 그것마저 쓰면 그야말로 거기 들어가기 안성맞춤이지. 한데 그이들은 당신을 꼭 거기로 보내고 싶어하거든요. 내가 살아 있는 한은 절대로 안 될 소리지. 그렇구말구. 절대로 안 되지. 그이들에겐 그 이상 기분 좋은 일이 없겠지만요. 그러면 아주버님은 돈주머니를 잔뜩 쥐고 우리에게 짤끔짤끔 아까운 돈을 내줄 거야. 아마 우리를 돌볼 위임권을 얻어 가지고 수표에도 자기가 사인을 하고, 언제나 어디서나 자기 마음대로 우리를 쥐고 흔들 거예요. 빌어먹을! 그렇게 되면 당신은

좋겠어요? 당신은 꼭 그렇게 되기 위해 최선을
다하는 사람 같아요. 그들의 간계를 도와주려고
무진 애를 쓰고 있지 뭐예요! 직장을 뛰쳐나온
다, 술독에 함빡 빠져 들어간다. 그뿐인가, 어젯
밤엔 고등학교 운동장에 가서 발목을 분질러 가
지고 왔죠. 뭐하느라고? 장애물 뛰어넘기 하다
그랬죠. 그것도 새벽 2신가 3신가? 망측도 하
지! 신문에까지 나고. 클라크스데일 레지스터에
아주 근사한 조그만 기사가 났더군요. '왕년에
유명했던 선수가 일인(一人) 육상 경기에서 컨디
션 부진으로 첫번째 장애물을 돌파하지 못함'이
라는 흥미거리 기사죠. 당신 형님께옵서는 그런
말이 에이 피(AP)나 유 피(UP), 혹은 또 다른 통
신사 나부랑이로 새어 나갈까 굉장한 활약을 하
셨다는데요. 하지만 여보, 우린 아직도 한 가지
유리한 조건을 가지고 있어요.

지금까지의 말이 청산유수같이 흘러 나오는 동안 브리
크는 옥같이 흰 침대 위에 누워서 조심스럽게 옆으로,
혹은 배를 깔고 뒹굴고 있었다.

브 리 크 (심술궂게) 나한테 뭐라고 했소?

마 거 릿 아버님은 당신을 무척 사랑하고 계셔요. 그리고

당신 형님하고, 새끼만 까는 괴물 형수님을 아
주 싫어하신단 말예요. 그 며느리는 딱 질색이
시거든요. 어떻게 아느냐구요? 자기가 쌍둥이
낳을 때 마취하지 않겠다고 했다는 그 자랑거리
얘기를 했을 때, 아버님 얼굴을 스친 표정을 보
면 알고도 남죠. 마취를 거절한 건 완전한 어머
니가 되기 위해선 출산의 경험을 완전하게 겪어
야 하기 때문이라나! 분만의 경이와 아름다움을
충분히 맛보기 위해서! 흥! (이 '흥' 소리를 하면서 동
시에 옷장 서랍을 쾅 닫아 버린다) 그리구 자기 남편
에게 역시 그 경이와 아름다움을 체험할 기회를
주기 위해 산실로 끌어들여 애 낳는 걸 보게 했
다나요. 모가지 없는 도깨비 낳는 걸 말예요. (이
런 종류의 얘기는 누가 말하든 아주 불쾌하게 들릴 것이
지만 마거릿의 경우는 예외다. 그녀는 두 눈을 깜빡이며 제
멋대로 웃느라고 목소리가 흔들리기 때문에 굉장히 우습
게 들린다) — 아버님도 형님 내외에 대해서 나하
고 똑같은 태도시거든. 나로 말할 것 같으면 가
끔 아버님을 웃기는 게 탈이지만 다 너그럽게
받아주시죠. 사실은 — 가끔 이런 의심을 하는
데, 아버님이 나한테 무의식적인 호기심을 가지
고 계시다는…….

브리크 그렇게 생각할 만한 이유라도 있소?

마 거 릿   내가 무슨 말씀을 드릴 때, 시선을 으레 내 몸
으로 떨구어 살피시는 폼이라든지 입맛을 다시
는 거라든지, 호호호.

브 리 크   그 따위 징그러운 얘긴 집어치워요.

마 거 릿   그렇다고 누가 당신을 못나빠진 청교도라고 하
던가요? 죽음의 문턱에 선 그 노인이 아직도 내
몸에서 볼 만한 것을 볼 줄 안다는 건 좋은 일이
죠. 또 한 가지 말해 드릴까? 아버님은 형님의
애들이 몇인지도 잘 모르시더라니까요. "몇 놈
이나 낳았더라?" 하고 저녁을 잡수시면서 묻지
않겠어요? 그 내외가 전혀 남인 것처럼 말예요.
어머님은 아버님이 농담으로 그러셨다고 하지
만, 농담하시는 게 아니던데요. 아니구말구요!
그리구 지금 다섯 놈이 있는데 또 한 놈이 곧 나
올 거라고 여쭈니까 깜짝 놀라시면서 불쾌한 표
정을 지으시더군요…… (애들이 아래에서 소리 지른
다) 이 도깨비들아, 실컷 떠들어라. (갑자기 즐겁
고 매력적인 미소를 지으며 남편을 돌아다본다. 그러나
그가 자기를 쳐다보지 않고 어두워 가는 금빛 하늘을 못
마땅한 표정으로 응시하고 있는 것을 보자 얼른 미소를
거둔다. 이러한 거부로 인하여 마거릿의 유머는 싱겁게
되고 만다) 정말, 우리 도련님도 같이 저녁 식사
를 했어야 하는 건데. (남편을 도련님이라고 부를 때

마다 마치 그를 애무하는 듯하다) 글쎄 아버님 말씀
예요, 얼마나 좋은 분예요? 한데 몸을 구부리시
고 음식만 잡수셨어요. 마치 다른 일은 일체 귀
찮은 양반처럼 말예요. 아주버님 내외가 아버님
맞은편에 나란히 앉았거든요. 저희 애들이 퍽이
나 잘나고 똑똑하다는 자랑을 늘어놓으시면서
아버님 얼굴을 매가 닭 찾듯이 살피더군요. (한
손으로 목과 가슴을 타닥타닥 두드리며 낄낄 웃는다. 그
녀의 긴 목이 활 모양으로 구부러진다. 무대 앞쪽으로 나
오며 목소리와 몸짓을 바꿈으로써 장면을 바꾼다) 목 없
는 도깨비들이 식탁 둘레를 꽉 둘러쌌죠. 어떤
놈은 높은 걸상에 앉고, 어떤 놈은 백과사전 위
에 앉기도 했어요. 할아버지 생신 축하로 모두
조그만 종이 모자를 만들어 쓰고 말예요. 당신
형님 내외는 저녁 내내 한시도 쉬지 않고 손가
락으로 찌르고 꼬집고 발로 차고 눈짓을 하고
신호하고 하느라고 정신 없었어요. 정말이지 노
름판에서 풋내기를 골탕먹이는 사기꾼들 같더
군요. 어머님같이 둔하고 느리신 분도 그런 짓
들을 하는 것을 눈치채시고 "얘들아, 너희 둘은
왜들 그리 손짓 발짓을 하고 야단들이냐?" 하시
지 않아요? 아이구 정말이지 닭고기가 목에 걸
려 숨이 막힐 뻔했어요. (경대 쪽에 등을 대고 있는

마거릿은 아직도 남편을 보지 못한다. 그는 뭐라고 한마디로 표현할 수 없는 그런 표정으로 아내를 보고 있다. 재미있어 한다고 할까, 놀란다고 할까, 경멸적이라고 할까? ― 세 가지 감정이 뒤섞인 것 같기도 하고 전혀 아닌 것 같기도 하다) 당신 형님은 아직도 멤피스 플린 가문의 딸인 메이 플린 양과 결혼한 것이 굉장한 출세의 첫걸음이었다는 망상을 가지고 있죠. (마거릿은 말하면서 방안을 왔다갔다하다가 거울 앞에서 멈추었다가 다시 움직인다) 하지만 아주버님한테 굉장한 뉴스가 있는걸요. 플린 집안이 가진 거라곤 돈밖에 없었거든요. 그러니 돈이 없어지니까 그저 한때 운을 탔던 행운아에 불과하죠. 물론 메이는 내가 내슈빌에 데뷔하기 8년 전에 멤피스에 나와 있었어요. 내 친구 중에 멤피스에서 온 친구들이 있었죠. 크리스마스 휴가나 봄방학 때, 그 친구들이 나한테 놀러 왔어요. 아니면 내가 가든지. 그러니까 멤피스 사회에서 누가 세력을 쓰고 못 쓰는가를 다 알 수 있었죠. 할아버지 플린 씨는 그의 연쇄 상점이 망하자, 주식 시장에서 사기해 먹은 것이 탄로나 연방 형무소에서 살 뻔했었대요. 또 자기가 목화 사육제 여왕으로 뽑혔다는 걸 밤낮 자랑하지만, 난 조금도 부러워하지 않아요. 기껏 보잘것없는 의

자에 앉아서 웃음을 띄우며 절을 하고 길거리에
서 웅성거리는 쓰레기 같은 인간들에게 키스를
보내면서 중심가를 지나가는 걸요. (보석이 달린
샌들을 끄집어내서 경대로 뛰어간다) 글쎄, 재작년에
스잔 맥피터즈가 그 영예의 왕관을 썼을 때 어
떤 일이 있었는지 아세요? 그 가없은 스잔에게
무슨 일이 생겼는지 아시느냐구요?

브리크 (멍하니) 몰라, 무슨 일이 생겼소?

마거릿 어떤 놈이 그 애 얼굴에다 터배코 주스를 뱉었
단 말예요.

브리크 (꿈꾸듯이) 터배코 주스를 뱉었다구?

마거릿 그렇다니까요. 한 늙은 주정쟁이가 게이요소 호
텔 창문에 기대 앉아서 소리소리 질렀죠. "여
봐, 여왕. 야, 야, 여봐, 여왕님 ― "스잔은 그
를 올려다보며 박꽃 같은 미소를 던져 주었죠.
그랬더니 글쎄, 스잔의 얼굴 정면에다 터배코
주스를 잔뜩 뿜어댔단 말예요.

브리크 아니, 당신이 어떻게 그리 잘 알까?

마거릿 (명랑하게) 어떻게 아느냐구요? 나도 그자리에 있
었으니까요. 내 눈으로 본걸요.

브리크 (멍하니) 무척 우스웠겠군.

마거릿 하지만 당사자야 어디 그런가요? 막 신경질을
부렸어요. 마귀처럼 소리를 질렀죠. 행진을 중

단하고 그 여자를 왕좌에서 끌어내리고 야단이
났죠. (거울 속으로 남편의 모습을 보고 약간 숨을 헐떡
이다 뱅그르르 돌아서 그와 마주선다. 열을 셀 동안의 사
이) 왜 그런 눈초리로 나를 보죠?

브 리 크 (조용히 휘파람을 불며) 그런 눈초리라니?

마 거 릿 (격렬하게, 그리고 두려워하며) 지금 막 거울 속에서
눈이 마주치기 전에 날 쳐다보던 눈 말예요. 눈
이 마주치자 휘파람을 불기 시작했죠. 뭐라고
할까. 어쨌든 몸이 얼어붙는 것 같아요. 요새
늘 그런 눈으로 날 보시잖아요. 그런 눈으로 날
볼 때 무슨 생각을 하시죠?

브 리 크 난 당신을 보고 있는 걸 의식하지 못하는걸.

마 거 릿 난 의식한다니까요. 무슨 생각을 하죠?

브 리 크 아무것도 생각한 게 없는걸.

마 거 릿 내가 모르는 줄 아세요? 내가 그걸 ―모르는 줄
알아요?

브 리 크 (냉정하게) 뭘 안단 말이오?

마 거 릿 (표현을 해보려고 애쓰며) 내가 이렇게 무섭게 ―
변했다는 걸요. 딱딱해지고 미치광이 같아진
걸! (그러고는 오히려 상냥하게 덧붙인다) 잔인해지
고! 바로 그걸 당신은 나한테서 발견했단 말예
요. 발견하지 않을 수 없죠. 그야 할 수 없죠.
난 이젠 신경도 둔해졌으니까요. 이젠 신경을

날카롭게 할 여유도 없어요. (다시 기운을 내며) 하지만 여보! 여보.

브 리 크 무슨 얘기요?

마 거 릿 말하겠어요. 난 정말 — 외로워요. 견딜 수 없을 정도로.

브 리 크 누구나 그래.

마 거 릿 자기가 사랑하는 사람과 함께 사는 것이 혼자서 사는 것보다 훨씬 더 외로울 수도 있어요. 그 사람이 나를 사랑해 주지 않을 때 말예요. (잠깐 사이. 브리크는 무대 전면으로 절뚝거리며 나온다. 그리고 마거릿을 쳐다보지 않고 묻는다)

브 리 크 당신 혼자 살고 싶소? (또 잠깐 사이. 마거릿은 잠시 마음이 상해서 헐떡이다가)

마 거 릿 싫어요! 절대로! 싫단 말예요!

다시 숨을 헐떡인다. 무엇인가 외치고 싶은 충동을 억지로 누른다. 교묘하게 억지로 일상적인 일에 대해 얘기할 수 있는 분위기로 되돌아간다.

마 거 릿 목욕하니까 기분이 좋아요?

브 리 크 응.

마 거 릿 물이 시원하던가요?

브 리 크 아니.

마거릿 하지만 기분이 상쾌하시죠? 안 그래요?

브리크 상쾌하구말구.

마거릿 더 기분 좋게 해 드리는 방법을 알아요.

브리크 뭔데?

마거릿 알코올 마사지, 혹은 컬로운 마사지를 하는 거예요.

브리크 그건 운동 연습 후에 해야 맛이 나지. 난 요새 통 운동이라고는 하지 않으니까.

마거릿 하지만 몸은 여전히 좋은데요.

브리크 (무관심하게) 그렇게 보여?

마거릿 주정뱅이들은 으레 꼴이 흉해지는 줄만 알았는데, 내가 잘못 생각했던가봐요.

브리크 (비꼬며) 고맙소.

마거릿 내가 아는 한 술 마시고도 살 안 찌는 사람은 당신밖에 못 봤어요.

브리크 하지만 점점 탄력이 없어져 가지.

마거릿 어쨌든 탄력은 없어지게 마련이죠. 스키퍼도 탄력이 없어지기 시작했었죠. 그때 ― (갑자기 말을 끊는다) 미안해요. 당신의 상처를 건드리지 않을 수가 없었어요 ― 정말이지 당신 좀 흉해졌으면 좋겠어요. 그렇게 되면 성 마거릿 님의 고난이 좀더 견디기 쉬워질 텐데요. 난 그 정도의 복도 없는 모양이죠. 사실이지 당신은 술병에 매달리면서부터 더 미남이 되었어요. 정말예요. 전에 당신을 못 본 사람은 당신 몸에 힘줄이 서고 근육이 돌처럼 단단했었다고는 생각도 못할 거예요. (저 아래 잔디밭에서 크로케이 하는 소리가 들려 온다. 크로케이 막대기가 부딪치는 소리. 멀리서 혹은 가까이서 들려 오는 명랑한 말소리들) 하기야 당신은 언제나 운동할 때도 이기든 지든 상관하지 않는 듯한 초탈한 기질을 갖고 있었죠. 더구나 이젠 완전히 패배했기 때문에, 아니 패배가 아니라 포기한 거지만요, 아주 늙어 버렸거나 병으로 가망없는 인간들에게서만 찾을 수 있는 매력, 패배자의 매력이라고나 할까요, 그런 게 있거든요. 침착하게 보여요. 질투가 날 정도로 침착하다니까요. (음악 소리 들려 온다) 크로케들을 하고 있군요. 달이 떴어요. 하얀 달이 조금 노르스름해지려고 하고 있어요. 당신은 정말 훌륭한 연인이었어요…… 같이 자기 좋은 사람이죠. 그건 당신이 그것에 대해서 정말 무관심하기 때문이에요. 그렇지 않아요? 아무 초조감도 없이 자연스럽게, 쉽게, 천천히, 절대적인 자신을 가지고 아주 침착하게 하거든요. 마치 숙녀하고 다닐 때 문을 열어 주거나 의자를 꺼내 주는 것과 같이 말예요. 아무런 갈망의 표현도 없이요. 그런

당신의 무관심은 사랑을 할 땐 아주 훌륭하거든
요 — 이상하죠? 하지만 사실인 걸요. 당신이
절대로 다시는 나한테 사랑을 주지 않을 거라는
생각을 하게 되면, 나는 저 아래 부엌에 가서
제일 길고 날카로운 칼을 찾아 가지고 내 심장
에다 똑바로 박아 버릴 거예요. 맹세코 그렇게
한다니까요. 하지만 아직 난 그 패배자의 매력
을 못 가졌어요. 난 아직도 경기장에 있어요.
그리고 꼭 이길 결심인걸요! (크로케의 막대기로 공
을 치는 소리가 들린다) 뜨거운 양철지붕 위의 고양
이가 이기는 길은 무엇일까? — 알았으면 좋겠
네. 아마 그대로 지붕 위에서 버텨 보는 거겠
지. 참을 수 있는 한은. (또 크로케 소리) 오늘 밤
늦게 난 당신을 사랑한다고 말할 거예요. 그때
쯤 되면 당신은 술에 취해서 내 말을 믿게 될 테
니까. 정말 크로케들을 치고 있군요 — 아버님
은 암으로 돌아가신대요. 당신은 무슨 생각을
하면서 날 그런 눈초리로 바라보고 있었죠? 스
키퍼 생각을 하고 계셨나요? (브리크는 지팡이를
집어들고 일어선다) 어머, 용서하세요. 잘못했어
요. 하지만 침묵만이 능사는 아니거든요. 그럼
요, 침묵의 법칙으론 아무 일도 안 된단 말예
요……. (브리크는 술장 쪽으로 건너가서 얼른 한잔 마

시고 수건으로 머리를 문지른다) 침묵의 법칙은 소용 없어요. 당신이 어떤 괴로운 추억이나 상상 가운데 앓고 있을 때, 침묵만 지킨다고 해서 모든 게 해결되는 건 아니라니까요. 그건 마치 불난 집 문을 꽉꽉 잠가 버리고, 그 집이 타고 있다는 걸 잊어버리려고 하는 거나 같아요. 하지만 불을 보지 않는다고 해서 그 집이 타지 않는 건 아니잖아요. 침묵은 오히려 괴로움을 확대시키죠. 침묵 속에서 자라서 곪고 악화되는 거예요. 여보, 옷을 입으세요.

브리크는 지팡이를 놓친다.

브 리 크 나 지팡이를 놓쳤소. (그는 머리 말리는 것을 그쳤는지, 아직도 수건걸이에 기대어 서 있다. 흰 다올지의 겉옷을 입고 있다)

마 거 릿 나한테 기대세요.

브 리 크 괜찮아. 내 지팡이나 집어 줘.

마 거 릿 내 어깨에 기대라니까요.

브 리 크 당신 어깨에 기대고 싶지 않단 말야. 지팡이나 집어 달라니까! (마치 번개가 번쩍이듯이 외친다) 내 지팡이를 집어 주겠소, 아니면 내가 엎드려서 무릎으로 마룻바닥을 ─ .

마거릿 자, 자, 여기 있어요, 받아요. (그의 코 앞에 지팡이
를 들이댄다)

브리크 (절뚝거리며 나와서) 고맙소…….

마거릿 서로 으르렁거리지 말아요. 이 집 벽엔 사방에
귀가 달렸단 말예요. (브리크는 또 한 잔 마시려고 곧
장 술장으로 간다) 하지만 오래간만에 당신이 언성
을 높이는 걸 들어 봤군요. 장벽에 금이 가나
요? 가라앉은 마음의 장벽에? 어쨌든 좋은 징
조야. 수비 상태에 있는 선수들에게서 볼 수 있
는 그런 징조니까! (브리크는 돌아서서 새로 따른 잔
을 기울이며 마거릿을 냉담하게 바라본다)

브리크 아직도 안 들리는군.

마거릿 뭐가요?

브리크 이놈을 실컷 마시고 나면 내 머릿속에서 나는
소리 말이오. 그 소리가 나야 마음이 가라앉는
데. 내 부탁 하나 들어주겠소?

마거릿 들어드리죠. 무슨 일인데요?

브리크 그저 당신 목소리 좀 낮추어 달라는 것이오.

마거릿 (거칠게 속삭이며) 들어드리구 말구요. 아주 입을
닥치지 못할 바에야 이렇게 속삭이기라도 해드
리죠. 하지만 당신도 내 부탁을 들어줘야 해요.
파티가 끝날 때까지 더 이상 술 마시지 말아야
해요.

브 리 크   무슨 파티?

마 거 릿   아버님 생신 파티.

브 리 크   오늘이 아버지 생신날이야?

마 거 릿   당신도 잘 알고 있지 않아요.

브 리 크   몰랐어, 잊어버렸지.

마 거 릿   당신 대신 내가 기억해 두었죠.

그들은 두 애가 한바탕 싸우고 나서처럼 숨을 헐떡거리
며 말하고 있다. 지친 듯이 숨을 쉬며 서로 상대방을
멍한 눈초리로 쳐다보고, 맹렬하게 싸우다가 방금 떨어
진 애들처럼 숨을 헐떡이며 몸을 흔들고 있다.

브 리 크   고맙군.

마 거 릿   이 카드에다 몇 자 끄적거리라구요.

브 리 크   당신이 쓰구려.

마 거 릿   당신 글씨라야 된다니까요. 당신이 하는 선물이
        니까. 내 것은 벌써 드렸어요. 당신 필적이라야
        되지 않겠어요.

그들 사이 또다시 긴장한다. 다시 한 번 목소리가 날카
로워진다.

브 리 크   난 선물을 사지 않았어.

마 거 릿 그러니까 내가 대신 샀죠.

브 리 크 좋아. 그러니까 글씨까지 쓰란 말야.

마 거 릿 그래서 당신이 아버님 생신을 잊어버렸단 걸 알려 드리란 말이죠?

브 리 크 사실 잊어버리고 있었으니까.

마 거 릿 그걸 그렇게 알려야 할 필요는 없지 않아요!

브 리 크 아버지를 속이고 싶지 않아.

마 거 릿 '아들 브리크로부터' 이렇게만 쓰세요, 제발.

브 리 크 싫어.

마 거 릿 써야 한다니까요.

브 리 크 싫은 걸 억지로 해야 될 이유는 없어. 난 조건부로 당신과 같이 살기로 했어. 당신은 언제나 그 조건을 잊어버리고 있소.

마 거 릿 (얼떨결에 자기도 모르게) 이게 어디 같이 사는 건가요. 한 우리에 있을 뿐이지.

브 리 크 둘이 약속한 조건을 잊어선 안 되오.

마 거 릿 하지만 지킬 수 없는 조건이에요.

브 리 크 그럼 왜 당신은?

마 거 릿 쉬! 누구세요? 문에 누가 있어요? (마루에서 발소리가 들린다)

메 이 (밖에서) 잠깐 들어가도 괜찮아?

마 거 릿 아, 형님이세요. 들어오세요.

메이는 여자용 활을 높이 쳐들고 들어온다.

메　이 이거 서방님 거예요?

마거릿 아니, 형님두. 그건 내가 여기사로 탄 트로피예요. 모교에서 열렸던 대학 활쏘기 대회에서 탄 상이죠.

메　이 보통 애들은 무기에 여간 호기심이 많지 않다우. 글쎄, 짓궂은 애놈들이 들끓는 집안에 이런 걸 내팽개쳐 둔다는 건 얼마나 위험한지 몰라요.

마거릿 보통 이런 무기에 호기심이 많은 짓궂은 애놈들은 저희 것이 아닌 물건엔 손을 대지 않도록 가르쳐야죠.

메　이 동서도 애들을 키워 보면 그렇게 안 된다는 걸 알 거유. 제발 이걸 어디다 감춰 놓고 열쇠를 잠가 두구려.

마거릿 형님, 아무도 애들을 해칠 사람은 없으니 안심하세요. 우리는 둘 다 활쏘기 명수거든요. 면허증도 있구요. 사냥철이 오면 곧 사슴 사냥을 가려고 해요. 추운 날 개들하고 숲속을 달리는 기분은 말도 못 하죠. 장애물을 뛰어 넘어서 달리고 또 달리고 ―.

마거릿은 활을 가지고 벽장으로 들어간다.

메　이　다친 발목은 좀 어떠세요?

브 리 크　아프지는 않아요. 근질근질할 뿐이에요.

메　이　글쎄 서방님두 저녁 후에 아래층에 좀 내려오시
지 않구요. 폴리는 피아노를 치고 버스터와 샤
니는 북을 쳤어요. 그리고 불을 끈 다음 딕시하
고 트릭시가 번쩍번쩍하는 옷을 입고 발끝으로
추는 춤을 췄죠. 할아버지께서 굉장히 좋아하시
더군요. 어쩔 줄 모르셨어요.

마 거 릿　(날카롭게 웃으며 벽장에서) 그랬어요. 그걸 못 봐서
가슴이 아픈걸요. (방으로 들어오며) 그런데 형님,
왜 강아지 이름을 전부 애들한테 갖다 붙였죠?

메　이　강아지 이름이라구요?

마거릿은 이 말을 하면서 대나무 발을 올리러 간다. 해
가 넘어가서 빛이 어두워지기 때문에. 건너가며 남편에
게 윙크한다.

마 거 릿　(상냥하게) 딕시, 트릭시, 버스터, 샤니, 폴리 —
넷은 강아지 같고 하나는 앵무새 이름이고 서커
스단의 동물들 같아!

메　이　동서, (마거릿은 미소를 띄우며 돌아선다) 왜 고양이

처럼 그러지?

마 거 릿 난 고양이니까요. 하지만 형님은 농담도 못 받으세요?

메 이 재미있는 농담이라면 나도 무척 좋아해. 동서는 우리 애들의 진짜 이름을 다 알지 않우. 버스터의 진짜 이름은 로버트, 샤니의 진짜 이름은 쇼온더고, 트릭시의 진짜 이름은 말리니고, 또 딕시는 ― (누가 아래층에서 부른다. "여봐요, 메이" 하고 부른다. 문으로 달려가며) 막간이 끝났군!

마 거 릿 (메이가 문을 닫자) 딕시의 진짜 이름은 뭘까?

브 리 크 너무 고양이처럼 굴어도 아무 이득이 없어.

마 거 릿 나도 알아요. 왜 그렇게 구느냐구요? 질투로 기진맥진하고, 갈망에 사로잡혔기 때문이죠. 여보, 로마에서 사온 산동 명주 옷 한 벌하고 당신 이름 첫자가 새겨진 명주 셔츠를 꺼내 놨어요. 그 예쁜 스타 사파이어 커프스 단추도 내드리겠어요. 가끔 끼게 하는 거지만요.

브 리 크 이 석고 붙인 다리에는 바지를 낄 수가 없을 거요.

마 거 릿 낄 수 있어요. 내가 입혀 드리죠.

브 리 크 나 이 옷 안 입겠소.

마 거 릿 그럼 흰 명주 파자마라도 입으라니까요.

브 리 크 그러지.

마 거 릿 고마워요, 정말 고마워요.

브 리 크 천만의 말씀.

마 거 릿 여보! 언제까지 이대로 갈 작정이에요? 내가 받는 이 형벌 말예요. 이젠 충분하지 않아요? 내 형기를 다 마친 셈 아니냐구요. 이제 용서받을 때가 된 것 같은데요.

브 리 크 여보, 술맛 잡치지 말아요. 요즘 당신 목소리는 꼭 불이 난 걸 알리러 이층으로 뛰어오는 사람 같단 말야.

마 거 릿 그래요. 이상할 것 없죠. 내 기분이 어떤지 당신 아세요. (아래층에서 어른과 애들이 섞여서 〈나의 들장미〉를 커다란 소리로, 그러나 잘 맞지 않게 부르는 소리 들려 온다) 언제나 뜨거운 양철지붕 위의 고양이 같은 기분이에요.

브 리 크 그럼 지붕에서 뛰어내리구려, 뛰어내려. 고양이는 지붕에서 뛰어내려도 하나도 다치지 않고 사뿐히 뛰어내릴 수 있지.

마 거 릿 그렇구말구요!

브 리 크 당신도 그렇게 하란 말이오. 제발 그렇게 하구려…….

마 거 릿 뭘 하라는 거예요.

브 리 크 애인을 구해요.

마 거 릿 당신밖엔 남자로 안 보이는걸. 눈을 감아도 당신이 보여요. 여보, 왜 당신은 미워지지 않죠?
왜 돼지같이 살이 찌든지 추해지든지 하지 않느
냐구요. 그럼 내가 좀 견디기 쉬울 텐데. (마루문
으로 달려가서 열고 듣는다) 음악회가 아직도 진행
중이군! 만세! 모가지 없는 놈들 만세!

문을 쾅 닫고 사납게 잠근다.

브 리 크 뭣 때문에 문을 잠그지?

마 거 릿 잠깐 우리 둘이 재미보려고.

브 리 크 당신이 더 잘 알지 않소.

마 거 릿 몰라요, 난 모른다니까. (베란다로 뛰어가서 장미빛
        명주 휘장을 친다)

브 리 크 바보 같은 짓 말아요.

마 거 릿 당신한테 바보같이 보이는 것은 아무렇지도 않
        아요.

브 리 크 하지만 난 싫소. 당신은 골칫거리야.

마 거 릿 골칫거리라구요! 하지만 이런 고통은 너무해요.
        이런 상태로는 난 살 수 없단 말예요.

브 리 크 당신도 동의하지 않았소 —.

마 거 릿 알아요, 하지만 —.

브 리 크 그 조건을 감수해야지.

마 거 릿 싫어요! 난 못 하겠어요! (브리크의 어깨를 잡는다)

브 리 크 놔요!

그는 몸을 빼낸다. 그리고 여자들이 쓰는 조그만 걸상
을 집어들고 사자 놀리는 사람이 서커스단의 커다란 고
양이를 대하듯이 추켜올린다. 다섯 셀 동안의 사이. 마
거릿은 주먹을 입에 대고 그를 응시한다. 째는 듯한,
거의 신경질적인 웃음을 폭발시킨다. 그는 잠시 심각해
져 있다가 씩 웃으며 걸상을 내려놓는다. 할머니가 잠
긴 문을 통해서 부른다.

할 머 니 애, 애야.

브 리 크 뭐예요, 어머니?

할 머 니 (밖에서) 애! 아버지에 대한 아주 반가운 소식이
왔다. 너한테 당장 알려 주려고 달려왔단다. 그
런데 ─ (문고리를 흔든다) 아니, 이 문이 왜 이러
니? 잠갔니? 이 집엔 모두 강도들만 있는 줄 아
니?

마 거 릿 어머님, 옷 입고 있는 중이에요. 아직도 다 못
입었어요.

할 머 니 괜찮다. 그 애 옷 벗은 거 처음 보는 사람 아니
다. 어서 문 열어라.

마거릿은 상을 찌푸리고 가서 문을 따고 열어 준다. 그

동안 브리크는 절뚝거리며 빨리 목욕실로 들어가서 문
을 발로 차서 닫는다. 할머니 마루에서 사라진다.

마 거 릿   어머님.

할머니는 반대쪽 베란다 문으로 들어와서 마거릿 뒤에
나타난다. 늙은 불독처럼 화가 나서 헐떡인다. 키가 작
고 뚱뚱하다. 예순 살에다 170 파운드나 나가기 때문에
언제나 숨이 차다. 언제나 권투 선수처럼 아니, 일본
씨름꾼처럼 긴장하고 있다. 할머니 집안은 할아버지 집
안보다 약간 좋은 편이었지만, 별로 뛰어나지는 않다.
검정 혹은 은색 레이스 드레스를 입고 있는데, 적어도
수백 개의 번쩍번쩍하는 보석을 달고 있다. 아주 성실
하다.

할 머 니   (마거릿이 깜짝 놀라도록 크게) 큰애들 방 베란다로
들어왔다. 브리크는 어디 있니? 얘, 빨리 좀 나
오너라. 난 시간이 없어. 아버지에 대한 소식을
전하려고 왔다 — 집안에서 문 잠그는 건 딱 질
색이다.

마 거 릿   (사랑스럽고 명랑하게) 물론 저도 알고 있어요. 하
지만 누구든지 좀 비밀이 필요할 때가 있지 않
아요?

할 머 니 안 될 소리, 이 집에선 말이다. (쉬지 않고) 아니,
뭣 때문에 옷을 벗었니? 그 레이스 드레스 참
잘 어울리던데.

마 거 릿 저도 그렇게 생각했어요. 그런데 저녁 먹을 때
귀여운 애기씨 하나가 냅킨으로 썼지 뭐예요.

할 머 니 (마루에 떨어져 있는 양말을 주워 올리며) 뭐라고?

마 거 릿 형님 내외분은 애들 얘기만 하면 신경이 날카로
워지거든요. 아이 고맙습니다. (할머니가 툴툴거리
며 주워 올린 양말을 마거릿 손에 들이댄다) 애들이 잘
못했다는 말을 감히 입밖에 낼 수도 없다니까
요.

할 머 니 애야, 빨리 나오너라. 제기랄, 넌 애들을 싫어
하는구나.

마 거 릿 제가 얼마나 애들을 좋아한다구요! 귀여워서 사
족을 못 쓰죠. 버릇 있게 잘 가르친 애들 말예
요.

할 머 니 (부드럽게 ─귀여운 듯이) 그럼 너도 애를 낳아서
잘 가르쳐 보려무나. 그렇게 큰집 애들만 가지
고 잔소리하지 말고.

쿠   퍼 (위층을 향해 소리 지르며) 어머니, 어머니, 베시하
고 휴우가 간대요. 인사드리겠대요.

할 머 니 잠깐만 기다리라고 해라. 곧 내려간다. (목욕실
문 쪽을 향해 소리 지른다) 얘야, 내 말소리 들리니?

(대답 소리가 웅얼웅얼 들린다) 오늘 병원에서 진단
서가 왔는데 말이다. 다 괜찮으시단다. 깨끗하
시대. 결장 발작증이라나 하는 것 외에는 아무
이상도 없으시단다. 들리니?

마 거 릿 들릴 거예요, 어머니.

할 머 니 그럼 왜 아무 대답이 없니? 아니, 그런 소식을
들으면 좋아서 소리라도 지를 게 아니냐. 난 너
무 좋아서 큰소릴 질렀다. 소리를 지르고 울고
그냥 주저앉아 버렸다. 봐라! (치마를 치켜든다) 무
릎이 찢어진 것 좀 봐라. 날 일으켜 세우느라고
의사 둘이서 쩔쩔 맸지. (웃는다. 언제나 혼자서 마
구 웃는 버릇이 있다) 너의 아버지는 나한테 막 화
를 내시더라. 하지만 얼마나 기쁜 뉴스냐? (다시
목욕탕 쪽을 향해서 계속한다) 그 동안 얼마나 걱정
들을 했니. 그런데 생신날 이런 소식을 들으니
좀 좋으냐? 아버지도 그 소식을 듣고 한시름 놓
으시는 것 같더라. 내색은 안 하시더라만, 내 눈
이야 속일 수 있나. 너무 좋아서 소리라도 지르
실 것 같더라. (아래층에서 큰소리로 인사하는 소리가
들려 온다. 할머니는 문으로 달려간다) 그 손님들 좀
붙들어라. 못 가게 하라니까 — 자, 너희는 옷
을 입고 있어. 네 발목 때문에 모두 이리로 올라
와서 생신 파티를 하겠다 — 좀 어떻다더냐?

마 거 릿 부러졌죠.

할 머 니 부러진 건 나도 안다. (마루에서 전화 벨 울리는 소리. 흑인이 대답하고 있다. "폴리 씨 댁입니다") 내 말은 아직도 많이 아파하느냐구.

마 거 릿 전 잘 모르겠는데요, 어머님. 어머님이 직접 물어 보세요.

슈   키 (마루에서) 마님, 멤피스에서 전화 왔어요. 멤피스의 샐리 양이랍니다.

메   이 오냐. (마루로 뛰어나간다. 전화에 대고 소리 지른다) 여보세요, 샐리야? 잘 있었어? 응, 그러지 않아도 그 얘기 하려고 전화 걸려던 참이야. 제기랄! (소리를 더 지른다) 샐리? 요 다음부턴 게이요소 호텔 휴게실에선 아예 전화 걸지 말아요. 너무 시끄러워서 내 소리가 안 들리는 게 당연하지. 이봐, 샐리, 오빠는 아무런 병도 없대요. 지금 막 진단서를 받았는데, 걱정할 것 하나 없어. 무슨 발작증이라나. 발작증! 결장…… (마루문으로 나타나서 마거릿을 부른다) 매기야, 이리로 와서 저 바보한테 대신 말 좀 해다우. 소리를 질러서 숨이 차는구나!

마 거 릿 (나가서 상냥스럽게 전화를 받는다) 여보세요, 저 브리크 처예요. 정말 반갑군요. 제 말 들리세요? 네, 됐어요 ─ 어머님 말씀이 오늘 진단서를 받

앗는데요, 아버님 병환은 결장 발작증이라나봐
요. 네, 결장 발작증요. 네, 맞아요. 결장 발작증
이래요. 안녕히 계세요. 곧 만나 뵙겠어요. (샐리
양이 끊으려고 하기도 전에 끊은 모양이다. 마루문을 통해
서 들어온다) 제 말을 잘 알아들으신 모양이에요.
귀가 먼 사람들하고 얘기할 때는 소리 질러야 소
용없어요. 그저 발음을 똑똑히 해야죠. 제 아주
머니 한 분이 아주 돈도 많았는데, 귀가 절벽이
었어요. 하지만 제가 귀에다 입을 가까이 갖다
대고 천천히 똑똑하게 한마디 한마디 떼어서 말
을 하면 알아들으셨어요. 전 매일 밤 상업신문
을 읽어 드리곤 했죠. 신문에 분류되어 나온 광
고를 읽어 드렸어요. 한 자도 안 빠뜨리고 잘 알
아들으셨어요. 하지만 정말 인색한 분이었죠.
돌아가실 때 저에게 남겨 준 게 뭔지 아세요? 예
약되었던 다섯 가지 잡지 구독증하고 너저분한
책이 쌓인 서재였어요. 나머지는 전부 도깨비
같은 자기 동생한테 물려주었죠. 그 동생은 더
노랑이였지만.

마거릿이 이런 얘기를 하는 동안 할머니는 방안을 정
돈하고 있다.

할 머 니 (옷이 아무렇게나 내던져져 있는 옷장문을 닫으며) 샐리는 정말 골칫거리야! 아버지 말씀이 언제든지 샐리는 손만 내민단다. 아버지는 언제나 틀림이 없으시다. 언제나 달라고 손만 내밀고 있으니 딱도 하지. 아버지께서 제대로 주시는지는 모르겠지만 말이다. (아래층에서 내려오라고 소리 지른다. 할머니도 큰소리로 대답한다) 간다! (할머니 나가려고 한다. 마루방 문까지 나가다가는 되돌아서서 둘째 손가락으로 처음에는 목욕실 문을, 다음에는 술장 쪽을 가리킨다. '브리크가 마시고 있었구나?' 하는 뜻이다. 마거릿은 못 알아들은 체하느라고 고개를 갸웃하고 눈썹을 추켜세운다. 할머니의 무언극을 전혀 알아들을 수 없다는 눈치다. 할머니는 마거릿에게 쫓아온다) 제기랄! 그렇게 못 알아들은 체하지 마라! 내 말은 저 애가 저놈의 술을 벌써 많이 마셨냔 말야.

마 거 릿 (약간 웃으며) 네에! 저녁 후에 하이볼(Highball ; 위스키에 소다수나 물을 탄 음료) 한 잔했죠, 뭐.

할 머 니 애 웃지 마라! 아, 다른 사람들은 총각 때 마시던 술도 결혼하면 끊더구나! 배우는 사람도 있고. 브리크는 전엔 술에 손도 안 대던 아인데 ─ .

마 거 릿 (소리 지르며) 전 억울해요!

할 머 니 억울하건 어쨌건 내 한 마디만 묻겠다. 넌 잠자리에서 남편을 행복하게 해주고 있니?

마 거 릿 왜 남편이 저를 행복하게 해주느냐곤 묻지 않으
세요?

할 머 니 그건 저 — .

마 거 릿 그건 둘이 다 같지 않아요!

할 머 니 무슨 곡절이 있긴 있구나. 넌 애가 없고 그 애는
술만 마시고. (누가 아래층에서 불렀기 때문에 위의 말
을 하면서 문께로 달려간다. 문에서 되돌아서서 침대를
가리킨다) 결혼 생활이 순탄하지 못한 건 다 저
침대 때문이지. 바로 저게 문제라니까.

마 거 릿 그건 — (할머니는 재빨리 방에서 빠져 나가서 쾅 소리
가 나게 문을 닫는다) 너무 — 억울해요 — .

마거릿은 혼자 남는다. 자신도 느끼는 것처럼 그녀는 완
전히 고립되어 있다. 목을 움츠리고 어깨를 구부린다. 주
먹을 꼭 쥔 두 팔을 들어 올린다. 그리고 마치 애들이 예
방주사 바늘이 들어오려고 할 때 눈을 감듯이 눈을 감는
다. 다시 눈을 뜰 때 그녀는 기다란 타원형 거울을 보고
그 쪽으로 달려간다. 얼굴을 찡그리고 거울을 노려본다.
그러고는 "넌 누구야?" 하고 말한다. 몸을 약간 구부리
고 아까와는 다른, 높고 가늘고 조롱하는 듯한 목소리로
"난 고양이 매기야" 하고 대답한다. 목욕실 문이 조금 열
리고 브리크의 말소리가 나자 빨리 일어난다.

브 리 크 어머니 가셨어?

마 거 릿 가셨어요. (그는 문을 열고 절뚝거리며 나온다. 술잔이 비어 있다. 곧장 술장으로 간다. 부드럽게 휘파람을 분다. 그를 보느라고 마거릿의 머리는 가늘고 긴 목을 중심으로 이리저리 움직인다. 침 삼키기가 힘드는 듯이 한 손을 목 밑으로 갖다 댄 후 말한다) 우리들의 성생활은 정상적으로 감퇴된 게 아니라 갑자기 중단되었어요. 보통 사람들보다 훨씬 빨리 말이죠. 그러니까 아마 또 갑자기 시작될 날이 올 거예요. 난 그걸 확신해요. 그래서 난 계속적으로 내 몸을 매력 있게 보이려고 애쓰는 거예요. 당신도 다른 남자들이 나를 보는 눈초리로 나를 볼 날이 올 테니까요. 그렇죠, 다른 남자들이 나를 보는 눈초리 말예요. 그들은 나를 보고 탐내고 있단 말예요. 정말, 어떤 이는 나한테 모든 걸 — 여보, 이걸 봐요! (긴 타원형 거울 앞에 서서 자기의 가슴을 만진다. 그리고 두 손으로 엉덩이를 만진다) 얼마나 맵시 있어요! 아직도 싱싱하죠. 조금도 변하지 않았다구요 — (그녀의 목소리는 부드럽고 떨린다, 어린애가 애원할 때처럼. 브리크가 마거릿을 쳐다보려고 돌아서는 그 순간 — 금방 골을 향해 달려가야 하는 써드 다운에 있는 선수가 다른 선수에게 공을 패스할 때와 똑같은 표정이다. 마거릿은 여기서부터 관중을 사로잡아 1막이 끝

날 때까지 그들의 주의를 집중시켜야 한다) 다른 남자
들은 아직도 날 탐내고 있어요. 때론 내 얼굴이
너무 딱딱해 보이지만요. 당신만큼이나 나도 내
몸을 다듬어 왔어요. 남자들은 내 몸을 황홀하
게 쳐다봐요. 길에 나가면 모두들 나를 돌아다
보곤 하죠. 정말이지 지난 주일 멤피스에 갔을
때 가는 곳마다 남자들이 나를 어떻게 쳐다보는
지. 클럽에서나 음식점에서나 백화점에서 만나
는 남자마다 날 집어 삼킬 듯이 쳐다보지 않겠
어요. 내 옆을 지나가는 남자치고 돌아다보지
않은 사람이 없었다니까요. 앨리스가 뉴욕에서
온 조카들을 위해 파티를 열었는데, 그 중에서
제일 잘생긴 남자가 이층까지 날 쫓아와서 강제
로 휴게실까지 밀고 들어오려고 하지 않겠어
요? 문 앞까지 따라와서 막 들어오려고 떼를 쓰
지 뭐예요.

브리크 왜 못 들어오게 했지?

마거릿 그 점에 있어서만은 내가 까다롭거든요. 나도 거
의 유혹 당할 뻔했죠. 그이가 누구였는지 아세
요? 바로 멋쟁이 맥스웰이에요.

브리크 아, 그 멋쟁이 맥스웰. 그 친구 언제나 마지막에
뛰는 좋은 선수였지. 한데 허리를 좀 다쳐서 그
만두었어.

마 거 릿 이젠 다 나았대요. 아직 총각이라죠. 날 보면 사
족을 못 써요.

브 리 크 그럼 그런 경우 그 친구를 막을 이유가 없었을
텐데.

마 거 릿 재미를 보는 동안 들키라구요? 내가 그렇게 어
수룩한 줄 아세요? 어느 때고 당신 몰래 그런
짓을 할지도 모르죠. 당신은 내가 그렇게 하길
원하고 있으니까요. 하지만 그럴 경우엔 남자하
고 나만이 아는 시간과 장소를 택할 거라는 걸
알아 두세요. 간통이니 뭐니 하는, 이혼 당하기
에 알맞은 구실을 제공하기는 싫으니까요.

브 리 크 여보, 나는 그런 이유를 내걸고 이혼하자고 할
사람은 아니오. 당신도 알지 않소? 당신한테 애
인이 생겼으면 내가 좀 살겠단 말이오.

마 거 릿 난 그런 짓 안 하겠어요. 차라리 이 뜨거운 양철
지붕 위에 그대로 있겠어요.

브 리 크 뜨거운 양철지붕 위는 좀 불편할 거요.

부드럽게 휘파람을 불기 시작한다.

마 거 릿 (휘파람 소리를 뚫고) 그래요. 하지만 있어야 할 때
까지 참을 수 있어요.

브 리 크 날 버려도 좋아, 여보.

그는 다시 휘파람을 분다. 마거릿은 몸을 휙 돌려서 그를 노려본다.

마 거 릿 그러고 싶지도 않고 그렇게 하지도 않을 거예요! 더구나 이혼을 한다면 나한테 줄 돈 한 푼이나 있느냔 말예요. 아버님한테서 받기 전에는요. 아버님은 암으로 돌아가신단 말예요!

이제야 브리크는 확실히 아버지의 운명에 대한 인식이 그의 의식을 꿰뚫은 듯하다. 그는 마거릿을 본다.

브 리 크 방금 어머니 말씀은 괜찮으시다고 하시지 않소. 진단서엔 이상 없다구 말이오.

마 거 릿 그건 어머님 생각이시구요. 아버님을 속인 것처럼 어머님도 속였단 말예요. 그런데 아버님과 똑같이 속아 넘어가셨어. 딱두 하시지. 그런데 오늘 밤 어머님께는 사실을 얘기해 드릴 거예요. 아버님이 자리에 드신 후에요. 어머님께 사실대로 말씀해 드릴 거예요. 암으로 돌아가실 거라는 말씀을요. (옷장 서랍을 쾅 하고 닫아 버린다) 너무 악화되어서 가망이 없대요.

브 리 크 아버지도 알고 계시나?

마 거 릿 내 참, 그런 걸 아는 사람이 어디 있어요? "당신

은 죽게 되었소" 하고 말해 주는 사람이 어디 있
어요. 속이게 마련이죠. 자기 자신도 속여야 한
단 말예요.

브리크 왜?

마거릿 왜냐구요? 인간은 영원한 생명을 꿈꾸고 있기
때문이죠. 바로 그 때문이죠. 사람들은 저 하늘
에서보다 이 땅 위에서 영원히 살고 싶어하니까
요. (그는 마거릿의 말에 장난기가 섞인 것을 알고 잠깐
딱딱하게 웃는다) 저…… (마스카라를 잘 만진다) 어쨌
든 사실은 그쯤 되었어요. (주위를 둘러보며) 내가
담배를 어디다 놓았더라? 이 집에 불을 내면 큰
일인데. 적어도 형님 내외분과 다섯 마리 괴물
들이 있는 한은. (담배를 찾아서 굶주린 듯이 빤다. 연
기를 내뿜으며 계속한다) 그러니까 오늘이 아버님의
마지막 생신이 되는 거죠. 형님 내외도 그 사실
을 알거든요. 알다뿐인가요. 병원에서 제일 먼
저 그 소식을 들었으니까요. 모가지 없는 도깨
비들을 끌고서 이리로 달려온 이유가 바로 거기
있단 말예요. 왜냐구요? 알고 싶으세요? 아버
님은 아직 유서를 안 쓰셨어요. 평생 유서를 써
보신 적이 없으시거든요. 그러니까 이렇게들 몰
려와서 아버님께 어떤 깊은 인상을 강하게 박아
드리려는 계획이에요. 당신은 주정뱅이, 나는

애 못 낳는 여자라는 인상을요.

그는 잠깐 계속해서 그녀를 쳐다보다가 날카롭게 뭐라고 중얼거리나 들리지는 않는다. 비교적 빠른 걸음으로 긴 베란다로 절뚝거리며 나간다. 아주 어둑어둑해졌으나 저녁놀이 깃들이고 있다.

마 거 릿 (신부가 미사를 할 때처럼 계속한다) 난 아버님이 좋더라. 정말 난 좋아. 당신도 알겠지만 정말이에요…….

브 리 크 (힘없이 막연하게) 나도 알고 있어…….

마 거 릿 사납고 욕을 막 하고 하시는데도 웬일인지 좋거든요. 조금도 꾸미시지 않고 있는 그대로니까요. 솔직하시고요. 지주 같은 점잔을 안 빼시거든요. 옛날 잭 스트로와 피터 오켈로 농장의 감독 일을 하실 때처럼 지금도 미시시피 농부 그대로예요. 하지만 그 농장을 사 가지고 이 삼각주에서 제일 크고 훌륭한 농장으로 만들어 놓으셨죠. 난 언제나 아버님이 좋았어요. (프로시니엄으로 나온다) 어쨌든 오늘이 아버님의 마지막 생신이에요. 정말 섭섭하군요. 하지만 현실은 받아들이는 수밖에 없죠. 주정쟁이 시중하는 데는 돈이 들구요. 그 치다꺼리가 최근에 내가 맡은

중대한 임무거든요.

브리크 내 시중 들 필요 없다니까.

마거릿 아니, 시중을 들어야죠. 두 사람이 한 배를 탔을 때 서로 잘 돌봐야 해요. 적어도 술이 떨어지면 그 에코 스프링 술을 또 살 돈이 있어야죠. 당신이 10전짜리 맥주로 만족하겠어요? 형님 내외는 우리가 아버님 재산에 손도 못 대게 할 계획이에요. 당신은 술만 마시고 난 아이가 없으니까요. 하지만 그 계획을 부숴 버릴 수가 있어요. 우리 그 계획을 부숴 버려요! 당신 내가 여태껏 지긋지긋하게 가난했던 걸 잘 알죠. 내 말이 사실이에요!

브리크 누가 사실이 아니래나.

마거릿 항상 싫은 사람들한테 얹혀 살아야만 했죠. 그 사람들은 돈이 많았고 난 쫄쫄이 가난뱅이였으니까요. 가난하다는 게 어떤 것인지 당신은 모를 거예요. 말하자면 에코 스프링 술에서 수백 리 떨어져 있는데요 ― 그 부러진 다리로 그걸 가지러 가야 되거든요…… 지팡이도 없이 말이죠. 쫄쫄이 가난뱅이가 바로 그런 경우거든요. 보기도 싫은 친척 나부랭이한테 붙어서 얻어먹어야 하죠. 그들은 돈이 많지만 내가 가진 거라고는 헌옷 보따리하고 곰팡내 나는 3부 이자 채

권 몇 장밖에 없으니까요. 우리 아버지도 술을
좋아하셨죠. 당신이 에코 스프링에 미친 것처럼
우리 아버지도 술에 빠지셨어요. 그래서 가엾은
우리 어머니는 사회적 체면을 유지하느라고 무
진 애를 쓰셨죠. 케케묵은 채권에서 나오는 150
달러의 수입으로 살림을 꾸려야 했어요. 내가
처음으로 데뷔했을 때 난 이브닝 드레스가 단
두 벌밖에 없었어요. 하나는 《유행》이라는 잡지
에서 본을 떠서 어머니가 손수 만들어 주신 것
이고, 또 하나는 보기도 싫은, 돈 많고 더러운
사촌한테서 물려받은 것이었죠. 내가 결혼식날
입은 드레스도 할머니가 입으셨던 거예요……
그러니까 내가 꼭 양철지붕 위의 고양이같이 구
는 것도 무리가 아니죠.

브리크는 아직도 베란다에 있다. 흑인이 저 아래에서
정다운 목소리로 소리 지른다. "브리크 씨, 안녕하세
요? 좀 어떠십니까?" 브리크는 대답 대신 술잔을 쳐든
다.

마 거 릿   젊었을 땐 돈이 필요 없지만, 늙을수록 돈은 절
대적이죠. 돈 없이 늙는 건 정말 비참하니까요.
늙지를 말든지 돈을 벌어 놓든지 둘 중의 하나

를 택해야 하죠. 돈 없이 늙는 건 안 될 소리예요 ― 이건 진리예요…… (브리크는 멍하니 부드럽게 휘파람을 분다) 자, 이젠 옷을 다 입었어요. 전부 입었어요. 이제는 아무것도 할 일이 없군요. (절망적으로 거의 무서울 정도로) 입었다니까요, 모두 입었죠. 이젠 무슨 일을 하죠…… (아무 목적 없이 불안하게 왔다갔다한다. 혼잣말처럼 이야기한다) 난 내 실수가 무엇이었는지 알고 있어요. 뭔가 ― 아, 내 팔찌를…… (팔목에 팔찌를 끼기 시작한다. 양쪽에 각각 여섯 개씩 끼면서 얘기한다) 곰곰 생각해 봤더니, 내 실수가 무엇이었는지 생각이 났어요. 내가 스키퍼와의 사이에 있었던 일을 당신한테 얘기한 것이 실수였죠. 절대로 고백하지 말았어야 하는 거죠. 치명상이었지. 스키퍼와의 일을 얘기하다니.

브 리 크   여보, 스키퍼 얘기는 집어치워. 정말이야, 그 얘기만은 그만두란 말야.

마 거 릿   당신도 이해해야 된다니까요. 스키퍼하고 나는 ― .

브 리 크   내가 농담하는 줄 알아? 조용히 말하니까 들리질 않는 모양이군. 이봐, 당신은 겁없이 덤비고 있어. 당신은 ― 당신은 다른 사람들은 생각도 못 할 말을 하려고 그러지.

마 거 릿   요번만은 당신한테 해야 할 얘기를 죄다 하겠어
요. 스키퍼하고 나는 사랑을 주고받았어요. 그
런 걸 사랑이라고 부를 수 있을는지는 모르지
만, 우리는 둘이 다 당신과 좀더 가까워지고 싶
었기 때문이었죠. 알아들어요? 빌어먹을. 당신
은 당신을 좋아하게 된 모든 사람에게 너무 지
나친 걸 요구한단 말예요. 나한테, 스키퍼에게
또 불행하게도 당신을 사랑하는 모든 미친 놈들
에게요. 나와 스키퍼 외에도 당신을 좋아하는
사람이 수없이 많았죠. 빌어먹게 지나친 요구를
한단 말예요. 귀하신 몸! 신과 같은 존재! 우리
는 둘이 다 상대방을 당신이라고 생각하고 그
짓을 했어요. 둘이 똑같이! 그래요, 사실 그랬어
요. 무엇이 잘못되었다는 거예요? 난 만족했어
요. 다만 사실은 ― 그렇지, 당신께 말하지 말았
어야 했어…….

브 리 크   (부자연스럽게 고개를 약간 하늘로 쳐들고 가만히 있다)
나한테 말한 사람은 당신이 아니라 스키퍼였어.

마 거 릿   내가 말했어요!

브 리 크   스키퍼가 말한 뒤였지.

마 거 릿   그게 무슨 상관이에요? ― .

브리크, 갑자기 베란다로 나가서 부른다.

브 리 크 꼬마야! 애, 꼬마야!

소녀의 목소리 (멀리서) 왜 그래요, 아저씨?

브 리 크 다들 올라오라고 해라! 모두 이층으로 모시고 오란 말야!

마 거 릿 말을 중단할 순 없어요! 여러 사람 앞에서도 할 말은 계속할 테니까요.

브 리 크 꼬마야, 빨리 가서 그래. 내 말대로 다들 부르라니까.

마 거 릿 어쨌든 이 말은 끝을 내야 하니까요. 당신은 ― 언제나 내 입을 막죠. (운다. 자신을 억제하고 아주 침착하게 계속한다) 그건 그리스 신화에 나오는 아름답고 이상적인 애정이었죠. 그건 당신이 변하지 않는 한 그럴 수밖에 없었어요. 그래서 슬픈 결말을 가져왔고 무서운 결말에 도달했지만요. 그건 어떤 만족을 줄 수 있는 것도 아니고 무어라고 설명할 수도 없는 애정이었으니까요. 여보, 내 말을 믿어 줘요. 난 모든 걸 이해한단 말예요. 난 그것이 아주 고상한 것이라고 생각해요. 내가 그걸 존경한다고 하면 당신은 날 믿지 못할 거예요. 내가 말하고 싶은 것은, 내 말의 요점은 인생의 꿈이 사라진 후에도 생활은 계속되어야 한다는 거예요…… (브리크는 지팡이를 놓고 있다. 가구에 기대어 있다가 마거릿이 자기도 모르게 흥분해서 말을 계속하는 동안 지팡이를 집으러 간다) 정말, 우리가 대학 다닐 때 두 쌍이 데이트한 적이 있었어요. 글래디스 피츠제럴드, 나, 당신 그리고 스키퍼 이렇게요. 그런데 그건 마치 당신과 스키퍼의 데이트 같았어요. 여자들은 당신들 시중 들러 쫓아간 것 같았구요. 남들 보기에 흉하게 보일까봐서요—.

브리크 (지팡이를 반쯤 들어 올리고 마거릿과 마주 선다) 내가 이 지팡이로 당신을 못 칠 줄 알아? 당신 하나쯤 못 죽일 줄 아느냔 말야?

마거릿 아이구 맙소사. 여보, 내가 조금이라도 무서워할 줄 아세요?

브리크 사람은 누구나 자기 생애에 한 가지 귀하고 소중한 것을 가지고 있는 법이오. 그것은 진실한 거요. 나는 스키퍼와의 우정을 가졌었소— 당신은 그걸 더럽다고 욕하고 있소!

마거릿 난 더럽다고 욕하는 게 아녜요! 너무 깨끗해서 욕하는 거예요.

브리크 당신에 대한 사랑이 아니라 스키퍼와의 우정이 내 생애의 가장 귀하고 소중하고 진실한 것이었소. 한데 당신은 그걸 더럽다고 한단 말야!

마거릿 당신은 내 말을 듣지 않고 계셨군요. 내가 한 말을 못 알아들으셨으니. 그게 너무 깨끗했기 때문에 스키퍼를 죽여 버렸다니까요 — 당신들은 얼음 속에 보관해 두어야 할 만큼 신선한 우정을 가지고 있었죠. 그래요, 죽음만이 그것을 보존할 수 있었던 유일한 냉장고였어요.

브 리 크   난 당신과 결혼했소. 난 당신하고 결혼할 필요가 없었을 거야. 만일 내가…….

마 거 릿   여보, 아직 내 머리를 치진 말아요. 말을 끝까지 해야 할 테니까. 나도 알아요. 당신들의 순수한 우정에 무의식적인 어떤 욕망을 불어넣은 건 스키퍼 쪽이었죠. 조금 얘기를 뛰어넘겠어요. 우리가 대학을 졸업한 그해 초여름에 우리는 결혼했어요. 우리는 행복했어요. 기쁨에 넘쳐흘렀죠. 우린 매일 밤 사랑의 절정에 오르곤 했어요. 그런데 그해 가을 당신과 스키퍼는 훌륭한 일자리도 다 거부하고 축구계의 영웅이 되겠다고 나섰죠 — 프로 축구의 영웅이 되겠다고요. 그해 가을 딕시 스타즈라는 팀을 조직했죠. 당신들 둘이 영원히 한 단원이 되려고요. 하지만 거기 한 가지 잘못된 게 있었어요. 내가 당신들 사이에 끼였다는 바로 그 점이죠. 스키퍼는 술을 마시게 되었고…… 당신은 척추를 다쳤어요…… 시카고에서 열렸던 추수감사절 경기에 못 나가게 되었죠. 톨레이도에서 이층 침대에 누워서 텔레비전으로 관람했어요. 난 스키퍼와 같이 있었어요. 스키퍼가 술을 마셨기 때문에 딕시 스타즈 팀이 졌단 말예요. 그날 밤 블랙스톤의 바에서 우린 밤새 술을 마셨어요. 한데 날이 추워지자 우린 취한 눈으로 호수를 구경하러 나왔어요. 그때 내가 "스키퍼 씨, 제 남편을 사랑하지 마세요! 그렇지 않으면 그이한테 동성 연애를 하자고 하던가요" 하고 말했죠. 둘 중에서 하나를 택하라고 했단 말예요. 그랬더니 그는 내 주둥이를 후려갈기더군요. 그리곤 되돌아서서 곧장 뛰어 달아났지요. 틀림없이 블랙스톤의 여관방까지 한 번도 쉬지 않고 뛰어갔을 거예요…… 그날 밤 내가 그의 방에 가서 조그만 생쥐처럼 수줍고 조그맣게 노크했을 때 내가 한 말을 부정하기 위해서 그렇게도 가련한 쓸데없는 시도를 했단 말예요…… (브리크는 지팡이로 마거릿을 친다. 그러나 테이블 위에 예쁘게 장식한 램프만 산산이 부숴 놓는다) ― 이런 방법으로 난 그를 파멸시켰죠. 그가 나서 자란 그의 세계와 그 자신에 대한 사실, 또 당신의 세계와 그의 세계에 대해 차마 하지 못할 말까지 해버렸어요 ― 그때부터 스키퍼는 술과 아편에 빠져 들어갔죠 ― 누가 숫 울새를 쐈지? 내가 ― (눈을 꽉 감고 머리를 뒤로 젖힌

다) 자비로운 화살로! (브리크는 마거릿을 친다. 그러
나 맞지 않는다) 헛쳤군요 ─ 미안해요 ─ 난 내 잘
못을 변명하려는 것이 아니에요. 천만에! 난 착
한 사람이 못 돼요. 사람들은 왜 그렇게 착한 체
하려고 하는지 모르겠어요. 세상에 착한 사람이
어디 있어요. 부자나 혹은 중류 이상은 도덕적
규범, 그 보수적인 도덕의 규범을 존중할 만한
여유가 있죠. 하지만 난 그럴 여유가 없어요. 정
말이에요. 그렇지만 난 정직해요. 그 점만은 높
이 평가해 줘야 돼요. 안 그래요? 가난한 집에
태어나서 가난하게 자란 내가 아버님이 뭔가 남
겨 주시지 않으면 빈털터리로 죽을 건 뻔한 일
이죠. 아버님이 암으로 돌아가실 때 말이죠. 하
지만 여보! 스키퍼는 죽었어요! 난 살아 있구요!
이 고양이 매기는 ─ .

브리크는 어색하게 앞으로 깡총깡총 뛰어와서 또다시
지팡이로 마거릿을 친다.

마 거 릿 살아 있단 말예요! 살아 있어요! 난…… (브리크
는 지팡이를 마거릿이 도망가서 숨은 침대 건너편으로 내
던진다. 마거릿은 마루에 앉은 채 말을 끝맺기 위해서 몸
을 쑥 내민다) 살아 있거든요! (조그만 소녀 딕시가 방

으로 뛰어 들어온다. 인디언들이 싸울 때 쓰는 모자를 쓰고 있다. 마거릿에게 장난감 피스톨을 쏘아대며 "빵, 빵, 빵!" 하고 소리 지른다. 아래층에서 웃음이 터지는 소리가 창을 통해서 들려 온다. 마거릿은 소녀가 들어올 때 숨을 헐떡이며 침대를 붙잡고 몸을 구부리고 있다가 일어나며 냉정하게 화난 목소리로 말한다) 얘야, 어머니나 다른 어른들이 너한테 가르쳐 주시지 않았구나. (헐떡이며) 남의 방에 들어갈 때 노크하라고 말이다. 그런 예의를 모르면 사람들이 널 형편없는 아이로 생각한단 말이다.

딕   시 용, 용, 용 ─ 작은 아버지, 마루에서 뭘 하고
계셔요?

브 리 크 네 작은 엄마를 죽이려고 했는데 맞지 않아서
─ 내가 넘겼다. 얘, 내 지팡이 좀 집어다오.
나 좀 일어나게.

마 거 릿 그래, 지팡이 좀 집어드려라. 작은 아버진 절름
발이지. 어젯밤에 고등학교 운동장에서 장애물
넘기를 하다가 발목을 다쳤단다.

딕   시 뭐하려고 장애물 넘기를 했어요, 작은 아버지?

브 리 크 언제나 하던 거니까 했지. 사람들은 습관이 되
면 안 하고는 못 배기지. 해낼 능력이 없어진 뒤
에도 말이다…….

마 거 릿 그래, 작은 아버지 말씀이 옳다. 자, 이젠 나가

있어. (딕시는 장난감 권총으로 마거릿을 세 번 쏜다) 그만, 그만두지 못하겠니? 도깨비야, 목 없는 도깨비야! (피스톨을 잡아 빼앗아 가지고 베란다 문밖으로 던진다)

딕   시   (어른스러운 본능으로 잔인한 말을 한다) 샘꾸러기! 작은 엄마는 애기를 못 낳으니까 샘이 나서 그러지!

딕시는 마거릿에게 혀를 쑥 내밀고는 배를 내민 채 마거릿을 스쳐서 미끄러지듯 베란다로 나간다. 마거릿은 베란다 문을 쾅 닫아 버리고 문에 기대어 숨을 헐떡인다. 잠깐 사이. 브리크는 쏟아진 술을 다시 채워서 저만큼 커다란 기둥이 넷 있는 침대 위에 앉는다.

마 거 릿   보세요, 우리가 애 못 낳는 걸 얼마나 고소하게 생각하고 있는지 말예요. 저 도깨비들 앞에서까지 그런 말을 한다니까요! (사이. 층층대에 사람들 목소리가 가까워 온다) 여보, 나 멤피스에 있는 의사한테 갔었어요. 산부인과 의사한테 말예요. 샅샅이 진찰을 받았는데, 언제라도 우리가 마음만 먹으면 애를 낳을 수 있대요. 날짜를 따져 보니까 요즘이 임신하기 꼭 알맞은 때군요. 내 말 듣고 있어요, 네? 내 말을 듣고 계시냐구요!

브 리 크 듣고 있소. (그는 아내의 빨갛게 단 얼굴을 유심히 본다)
— 하지만 도대체 나 같은 사람하고 어떻게 해서
애를 낳으려고 하는 거요? 난 당신을 받아들일
수가 없다니까.

마 거 릿 그 문제가 바로 제가 풀어야 할 문제예요. (몸을
빙그르르 돌려서 마루방 문을 향한다) 다들 올라오는
군요.

조명 어두워진다.

— 막 —

제 2 막

시간적으로 1막과 연속된다. 마거릿과 브리크는 1막 마지막 장면과 똑같은 위치에 서 있다.

마 거 릿 (문에서) 다들 올라오는군요!

할아버지가 제일 먼저 나타난다. 키가 크고 사납고 불안한 표정이다. 자기 약점을 남에게 보이지 않으려고, 특히 자신에게 감추려고 조심스레 움직인다.

할아버지 브리크야.
브 리 크 아버지, 축하합니다.
할아버지 제기랄…… (몇몇 사람은 마루를 통해서, 또 다른 사람들은 베란다를 통해서 들어오는 소리가 들린다. 쿠퍼와 투커 목사가 베란다 문밖에 나타난다. 그들의 목소리가 똑똑히 들린다. 쿠퍼가 시거에 불을 붙이느라고 밖에서 잠깐 멈춘다)

투커목사 (쾌활하게) 하지만 그레데이다에 있는 성 바울 교회에는 세 개의 기념 창이 있는데, 최근에 만든 것은 2500달러나 들인 티파니 색유리창 이랍니다. 어린 양을 품에 안고 계신 선한 목 자 예수 그리스도의 그림이 그려 있다는군요.

쿠　퍼 누가 그걸 기부했습니까, 목사님?

투커목사 클라이드 풀레처 과부가 기부했습니다. 뿐만 아 니라 세례반까지도 기부했답니다.

쿠　퍼 댁의 교회에는 선풍기를 기부해야 되겠더군요.

투커목사 그러게 말입니다. 가스 해마 집안에서는 트리버 즈에 있는 교회에 돌아가신 주인 양반을 추모하 기 위해서 무엇을 기부했는지 아십니까? 지하 실에 농구 코트까지 있는 석조 목사관 한 채를 기부했죠…….

할아버지 (사실은 조금도 즐겁지 않으면서 큰소리로 너털웃음을 웃 는다) 여보슈, 목사님, 그 기념물이니 뭐니 하는 건 다 무슨 소리요? 여기서 누가 죽게 되었다는 거요, 그 소리요?

이 갑작스런 질문에 깜짝 놀란 목사는 될 수 있는 대로 큰소리로 웃어 버리는 것이 상책이라고 생각한 듯이 웃 어 젖힌다. 목사가 어떤 대답을 했을지는 알 사람이 없 지만, 쿠퍼의 아내 메이의 목소리 때문에 위기를 모면 한다. 메이는 이 집 주치의인 보오 의사와 함께 마루

문으로 들어오면서 높고 똑똑한 소리로 말을 한다.

메 이 (매우 경건하게) 어디 봅시다. 티푸스 예방주사도 맞았고 파상풍, 디프테리아, 간장염, 소아마비, 다 맞았어요. 5월부터 9월까지 매달 한 번씩 맞혔죠. 그런데 여보! 여보! 뭣 땜에 그렇게 맞혔죠?

마 거 릿 (약간 겹쳐 들면서) 하이파이 좀 트세요. 여보! 파티를 시작할 테니까 음악이 있어야죠.

제각기 지껄이기 때문에 방안이 마치 재잘거리는 새들이 가득 찬 새장 같다. 브리크만이 입을 다물고 그의 독특한 웃음을 띤 채 술장에 기대어 있다. 종이 냅킨에다 얼음 조각을 싸가지고 가끔 이마에 댄다. 그는 마거릿의 명령에 응하지 않는다. 마거릿은 앞으로 뛰어가서 캐비닛의 라디오 판으로 몸을 구부린다.

쿠 퍼 결혼 3주년 기념으로 우리가 선사한 거지. 스피커가 세 개나 있어. (갑자기 바그너의 오페라 혹은 베토벤의 교향곡의 클라이맥스가 크게 터져나온다)

할아버지 저 빌어먹을 것 꺼 버려!

순간적인 침묵. 그 순간 할머니가 마루 문을 통해서 물소가 돌진해 오듯이 들어오는 바람에 침묵이 깨진다.

할 머 니   브리크, 어디 있니? 우리 귀한 아기 브리크 말이다!

할아버지   미안하게 됐다. 다시 틀어라!

모두 큰소리로 웃는다. 할아버지는 할머니를 긁리는 농담을 잘하기로 유명하다. 그럴 때면 누구보다도 할머니 자신이 큰소리로 웃어댄다. 가끔 지독한 농담을 할 때는 할머니는 웃어만 가지고는 마음의 상처를 감출 수 없어 괜히 다른 것을 가지고 법석을 떤다. 할아버지 증세가 아무것도 아니라는 진단이 내렸기 때문에 마음에 쌓였던 불안이 씻긴 이 행복한 날, 할머니는 할아버지 쪽을 쳐다보며 괴상하게 좀 수줍은 듯이 낄낄거린다. 할머니는 갑자기 원기 왕성하게 브리크에게로 다가간다.

할 머 니   여기 있군. 우리 귀염둥이가 여기 있단 말야. 손에 든 게 뭐지? 그 술 그만 내려놓아라. 그 귀한 손이 그런 걸 붙들고 있어서야 쓰나?

쿠 퍼   브리크가 잔을 내려놓는 것 좀 보세요!

브리크는 잔을 쭉 들이켜고 어머니에게 준다. 모두 웃는다. 높은 소리로, 혹은 낮은 소리.

할 머 니 정말 넌 못된 놈이야. 우리 귀여운 말썽꾸러기
지. 자, 엄마한테 키스 좀 해주렴. 부끄러워서
돌아서는군. 저 애는 누가 저한테 키스해 주는
걸 싫어했어. 응석도 안 부리고. 너무도 귀여워
해 주니까 그런 모양이지. 얘, 그것 좀 꺼 버려
라! (브리크가 텔레비전을 틀어 놓았던 것이다) 난 텔레
비전은 정말 참을 수가 없다. 아, 라디오만도 지
긋지긋한데 텔레비전은 좀 지긋지긋하니. 아니
저 ─ (씨근거리며 의자에 털썩 주저앉는다) 얼마나 지
긋지긋하냔 말이다. 하, 하! 아니 내가 왜 여기
앉았지? 저 소파에 가서 영감님 옆에 앉아서 정
답게 손이라도 잡고 싶구나.

할머니는 검정과 흰 무늬가 있는 비단 모슬린을 입고 있
다. 어떤 커다란 동물의 모양 같은 일정치 않은 무늬, 커
다란 다이아몬드와 여러 개의 보석이 발하는 광채, 은테
안경의 번쩍이는 빛, 시끄러운 목소리, 응응거리는 웃음
소리, 이런 것이 할머니가 방에 들어오면서부터 방안을
지배하고 있다. 할아버지는 만성이 된 두통거리인 양 계
속해서 상을 찌푸리고 바라보고 있다.

할 머 니 (더 크게) 목사님, 목사님, 여보, 목사! 손 좀 이
리 줘요. 붙들고 일어나게!

투커목사 또 장난하시려구요!

할 머 니 무슨 장난? 손 좀 내밀어. 그래야 일어나지 — (투커 목사 손을 내민다. 할머니는 그 손을 꼭 잡고 그를 자기 무릎 위로 끌어당기면서 한 옥타브 올라간 두 음이 한 목소리로 째지게 웃는다) 숙녀 무릎 위에 앉은 목사님을 보았소? 다들 보라니까, 숙녀 무릎 위에 앉은 목사님을 보란 말야!

할머니는 이 삼각주에서 이런 점잖지 못한 말타기 장난을 한다고 소문난 사람이다. 마거릿은 프랑스산 포도주에 얼음을 넣어 조금씩 마시며 남편을 쳐다보면서 재미있는 듯이 바라보고 있다. 그러나 메이와 쿠퍼는 이런 익살에 대해서 재미없는 듯이 불안한 표정을 교환하고 있다. 메이 생각에는 이런 종류의 장난은 그들이 멤피스에서 가장 근사한 내외 행세를 할 수 없게 할지도 모르기 때문이다. 검둥이 레이시나 슈키 중 하나가 문틈으로 들여다보고 킥킥거린다. 그들은 케이크와 샴페인을 들여오라는 신호만 기다리고 있는 중이다. 하지만 할아버지는 재미있어 하지 않는다. 그는 의사의 진단서를 받고 상당히 정신적인 위안을 받았지만, 왜 아직 전과 다름없이 그의 장이 쑤시는지 알 수가 없다. "발작증이라는 게 소홀히 볼 게 아니군" 하고 혼자 중얼거린다. 그리고 할머니에게 크게 고함을 지른다.

할아버지 여보, 그 장난 좀 집어치워! 당신 같은 늙은 뚱뚱보에게는 그 따위 미친놈의 애들 장난은 어울리지 않는단 말야. 그뿐인가, 혈압까지 높은 주제에 ― 올 봄에도 200이 넘었었지. 그렇게 수선을 떨다가 큰코 다치지…….

할 머 니 자, 당신 생일 잔치나 합시다!

흰 재킷을 입은 검둥이들이 촛불이 켜진 커다란 케이크와 병 목에다 새틴 리본을 맨 샴페인 통을 들고 들어온다. 메이와 쿠퍼가 노래를 시작하자, 애들과 검둥이까지 다 함께 노래 부른다. 오직 브리크만이 떨어져 있다.

모   두 해피 버스데이 투 유. 해피 버스데이 투 유. 해피 버어스데이 할아버지. (어떤 이는 '우리 할아버지'라고 부른다) 해피 버어스데이 투 유.

어떤 이는 '올해 몇이세요?' 하고 부른다. 메이가 한가운데로 나와서 애들을 합창단처럼 모은다. 겨우 들릴까 말까 하게 '하나, 둘, 셋' 하고 신호하자 새 노래를 시작한다.

아 이 들 스키나마린카 ― 딩카 ― 딩크.

스키나마린카 ─ 두.
할아버지 좋아요.
스키나마린카 ─ 딩카 ─ 딩크.
─ 스키나마린카 ─ 두.

모두 할아버지 쪽을 향한다.

할아버지 말예요!

음악극의 합창단처럼 다시 앞을 향한다.

아침에도 좋아하고
저녁에도 좋아하고
함께 있으면 언제나 좋아요.
헤어져도 좋아하죠.
스키나마린카 ─ 딩카 ─ 딩크.
스키나마린카 ─ 두.

메이는 할머니에게로 향한다.
할머니도 좋아하죠.

할머니는 울음을 터뜨린다. 검둥이들 나간다.

할아버지 여보, 왜 울고 야단이야?

메 이 너무 감격하셔서 그러세요.

할 머 니 너무 감격해서 눈물이 저절로 나오는구려. (갑자기 커다랗게 속삭이는 소리로) 브리크, 오늘 보오 선생이 병원에서 가져온 기쁜 소식 들었지? 아버지는 완전하시대.

마 거 릿 정말 반가운 소식이에요!

할 머 니 완전무결이다. 검사 결과 거뜬히 통과되셨어. 이젠 결장 발작증밖에 없으시다니까 말인데 난 병이 날 지경으로 걱정을 했었지. 나 혼자 생각이었지만, 혹시 저……

마거릿은 뛰어 일어나며 날카로운 목소리로 이 말을 중단시킨다.

마 거 릿 여보, 아버님 생신 선물 안 드리시겠어요? (브리크의 옆을 지나가며 그가 들고 있는 술잔을 낚아챈다. 곱게 싸놓은 꾸러미를 집어든다) 여기 있어요. 아버님, 이이가 드리는 선물이에요.

할 머 니 아버님 생전에 이런 생신은 처음이다. 선물도 수없이 많고 축전도 쏟아져 오고 말이다……

메 이 (동시에) 그게 뭐예요, 서방님?

쿠 퍼 그 애는 절대로 모를 거야.

할 머 니 선물은 열어 보는 순간까지 모르는 데 재미가
          있단다. 여보, 당신이 끌러 보구려.

할아버지 당신이 풀어 봐. 난 브리크한테 물어 볼 얘기가
          있소. 브리크야, 이리 오너라.

마 거 릿 여보, 아버님이 부르세요.

          선물 상자를 연다.

브 리 크 나 발 다쳤다고 말씀드려.

할아버지 나도 알고 있어. 어쩌다 그리 됐는지 그게 알고
          싶단 말이다.

마 거 릿 (주의를 전환시킬 속셈으로) 아유, 이것 좀 봐요.
          이걸 보시라니까요. 캐시미어 가운이에요!

          모든 사람이 볼 수 있게 가운을 쳐든다.

메   이 그렇게 놀라는 체하지 말아요.

마 거 릿 난 이런 거 처음 보았어요.

메   이 이상한데. 흥!

마 거 릿 (함빡 미소를 띄우고 사납게 메이에게 덤빈다) 뭐가 이
          상하다는 말이에요? 우리 친정엔 식구들만 득
          실거렸기 때문에 이런 고급 옷은 아직도 날 놀
          라게 하거든요.

할아버지 (험악한 음성으로) 조용히들 해!

메　이 (화가 나서 주착없이) 지난 토요일 멤피스의 로웬 스타인 상점에서 자기가 사오고서 어쩜 저렇게 놀라는 체할까. 내가 어떻게 아는지 알아?

할아버지 조용히 하라니까!

메　이 그 집 여점원이 내가 가니까 "댁의 동서님이 시아버님 캐시미어 가운을 방금 사 가셨어요" 했단 말야.

마 거 릿 형님! 그 재주를 가지고 가정 주부나 애들 엄마로 쓰기는 정말 아깝군요. 연방 수사국 같은 데가면 제격일 텐데 ─ .

할아버지 시끄러워!

투커 목사의 반응이 제일 느리다. 할아버지의 고함 소리를 듣고도 말을 계속한다.

투커목사 (보오 의사에게) 그 학(갓난애를 데려오는)과 귀신(사람을 데려가는)이 나란히 경주를 했습니다!

그는 즐거운 듯이 웃다가 방안이 조용하고, 할아버지의 화난 시선을 깨닫는다. 그의 웃음은 힘을 잃는다.

할아버지 목사, 이제 그놈의 기념 창이니 뭐니 하는 말

그만하슈. 알아듣겠소? (투커 목사 힘없이 웃는다.
방안이 너무 조용하니까 당황해서 헛기침을 한다) 알겠
소?

할 머 니 여보, 목사님한테 웬 잔소리가 많우?

할아버지 (언성을 높이며) 가래 하나 없는 헛기침만 하면 대
답인가? 그렇게 나오지도 않는 마른 기침만 하
면 그게 무슨 뜻이냔 말야……

마거릿의 짧은 순간적인 웃음만이 침묵을 깨뜨린다. 그
녀만이 이 광경을 의식적으로 재미있어 하고 있다.

메   이 (두 팔을 올리자 팔찌들이 쟁그랑거린다) 오늘 밤도 모
기들이 극성을 떨는지?

할아버지 뭐라는 소리야? 에미가 무슨 소릴 했냐?

메   이 네, 잠깐 베란다에 나가고 싶은데 모기들한테
다 뜯기지나 않을는지 모르겠군요.

할아버지 다 뜯어먹으면 뼈다귀는 내가 처치해 주지.

할 머 니 (빨리) 지난 주일 비행기가 약을 뿌렸다. 효과가
있는 모양이더라. 적어도 나는 아직까지…….

할아버지 (말을 가로채며) 브리크야, 사람들 말이 정말인지
아닌지는 모르겠다만, 어젯밤 네가 고등학교 운
동장에 가서 뛰었다던데?

할 머 니 브리크야, 아버지가 너한테 말씀하신다.

브 리 크 (술잔 너머로 몽롱한 미소를 지으며) 뭐라고 하셨어
요, 아버지?

할아버지 네가 어젯밤에 고등학교 운동장에 가서 뛰었다
고들 한단 말이다.

브 리 크 저한테도 그렇게들 말하더군요.

할아버지 거기 나가서 운동을 한 거냐, 지랄을 한 거냐?
새벽 3시에 거기서 뭘 했느냐구? 여자라도 깔
고 있었느냔 말야.

할 머 니 여보, 당신은 이제 환자가 아녜요. 그런 식으로
말하는 건 용서하지 않겠어요…….

할아버지 닥쳐!

할 머 니 ― 목사님 앞에서 상소릴 ― .

할아버지 닥치라니까! ― 어제 운동장에서 계집년이라도
쫓다가 다쳤느냔 말이다. 난 네가 마당에서 계
집년을 쫓다가 정신없이 넘어져서 다친 줄 알았
다. 안 그러냐?

쿠퍼는 크게 헛웃음을 웃는다. 다른 사람들도 불안스럽
게 따라 웃는다. 할머니는 발을 쾅 구르고 입을 꽉 오
므리고는 메이한테 가서 귓속말을 한다. 그때 브리크는
술에 취했을 때면 언제나 하듯이 천천히 모호한 미소를
띄우고, 아버지가 화가 나서 이빨을 드러내고 뚫어지게
노려보는 시선과 부딪힌다.

브 리 크   아뇨, 그렇지 않은 것 같은데요.

메   이   (동시에 상냥하게) 투커 목사님, 저하고 잠깐 산보
나 하실까요?

메이와 목사는 할아버지가 말을 시작하는 것과 동시에
베란다로 나간다.

할아버지   그럼 새벽 3시에 밖에서 무슨 지랄을 하고 있었
느냔 말야?

브 리 크   장애물 넘기를 했어요. 뛰어가서 장애물을 뛰어
넘는 거죠. 한데 이젠 높은 건 못 넘겠더군요.

할아버지   술을 마셨으니까 그랬겠지.

브 리 크   (약간 미소가 사라지며) 술을 안 마셨더라면 제일
낮은 것도 뛰어넘을 엄두를 못 냈을 거예요……
.

할 머 니   (빨리) 여보, 축하 케이크의 촛불을 끄세요!

마 거 릿   (동시에) 아버님의 65주년 생신 축하로 축배를
들고 싶은데요. 가장 큰 목화 재배자시며—.

할아버지   (분노와 증오에 가득 차서 고함친다) 다들 집어치우라
니까! 집어치우란 말야!

할 머 니   (케이크를 들고 할아버지 앞으로 나오며) 여보, 오늘이
당신 생일날이긴 하지만, 그런 식으로 말하는
건 정말 안 돼요. 난 — .

할아버지 내 생일이니까 내 마음대로 말하겠단 말이오.
일년 열두 달 어느 달이든 난 내가 하고 싶은
대로 하는 사람이야. 어느 놈이고 듣기 싫은 놈
은 나가란 말이야.

할 머 니 괜히 그러지 마우.

할아버지 괜히라니, 내 말이 그렇게밖엔 안 들려?

신중하게 신호들을 주고받고 하더니, 쿠퍼도 베란다로
나가 버린다.

할 머 니 난 당신이 괜히 그러는 줄 다 안다니까요.

할아버지 알기는 염병할, 뭘 안다고 그래!

할 머 니 여보, 괜히 그러시는 거죠.

할아버지 괜히가 다 뭐야. 정말이라니까. 난 내가 죽을
줄 알고 모든 거짓말들도 다 참아 왔단 말야.
당신도 내가 죽을 줄 알고 모든 걸 떠맡아서 주
장하려 했지. 하지만 인젠 뭐든지 주장하고 나
서지 말아. 난 죽지 않을 테니까. 인젠 난 죽을
몸이 아니니까, 그렇게 일일이 참견하고 나설
필요는 없어. 난 그놈의 빌어먹을 병원에서 모
든 검사를 했고 진단을 위한 수술까지도 했어.
결국 결장 발작증밖에 없다는 거야. 그러니까
난 당신이 생각한 것처럼 암으로 죽지는 않는다

구. 알았어? 당신은 내가 암으로 죽을 줄 알았
지? (거의 모두가 복도로 나가고 두 늙은이만이 촛불이
켜져 있는 케이크 너머로 서로 노려보고 있다. 할머니의
가슴이 올라갔다 내려왔다 하며 뚱뚱한 주먹을 입에 갖다
댄다. 할아버지는 계속해서 거칠게 말한다) 그렇지 않
아? 내가 암으로 죽고 나면, 당신이 이 집과 모
든 걸 휘두를 줄 알았지? 난 그런 인상을 받았
단 말이오. 그런 인상을 받았던 것 같아. 어디
가나 큰소리로 떠들어대고 그 뚱뚱한 늙은 몸뚱
이가 여기저기 불쑥불쑥 나타나고 말야.

할 머 니 쉿! 목사가 와요!

할아버지 빌어먹을 놈의 목사 같으니! (할머니는 큰소리로 헐
떡이며 그녀에겐 좁아 보이는 소파 위에 앉는다) 내 말
들었지? 빌어먹을 놈의 목사란 말야!

불꽃이 터지며 애들이 신이 나서 소리를 지르자, 누군
가 밖에서 베란다 문을 닫아 버린다.

할 머 니 당신이 이렇게 구는 걸 본 적이 없는데 웬일이
에요?

할아버지 난 검사며 수술이며 다 받았어. 우리 둘 중에
누가 주인이 될 건지 알기 위해서 말야. 이제
내가 이 집 주인이고 당신은 이 집 주인이 아니

라는 게 판명되었어. 그것은 내 생일 선물이야
— 내 케이크고 내 샴페인이야. 지난 3년 동안,
당신은 서서히 주인 노릇을 하려 들었단 말야.
재고 다니며 떠들어대고 내가 이룩해 놓은 이
집 안팎을 그 뚱뚱한 늙은 몸뚱이로 휩쓸고 다
니구. 이곳을 이만큼 이룩해 놓은 건 나야! 난
처음엔 감독이었지. 죽은 스트로와 오켈로 농장
의 감독이었단 말야. 난 열 살 되던 해 학교를
그만뒀어. 열 살 때 학교를 그만두고 검둥이들
처럼 저 밭에서 일을 했지. 그래서 스트로와 오
켈로 농장의 감독으로 일어났단 말야! 스트로
씨가 죽자 나는 오켈로의 동업자가 되었지. 이
농장은 차차로 커갔어. 자꾸만 자꾸만 불어났단
말요. 난 죽을 힘을 다했어. 빌어먹을, 당신의
도움은 눈곱만큼도 안 받았어. 그런데 이제 와
서 마음대로 당신이 휘두르려구? 내가 똑똑히
말해 둘 건 당신이 주인이 될 순 없단 말야. 염
병할, 당신은 손 못 댄다는 거야. 알겠어? 이젠
똑똑히 알아들었지? 완전히 들었지? 난 병원에
서 하나에서 열까지 다 검사를 받았어. 빌어먹
을, 진찰을 위한 수술까지 받았지. 한데 아무
이상이 없단 말씀야, 결장 발작증 외에는. 보기
싫은 게 많아서 발작증도 생겼을 거야. 우라질

거짓말쟁이들의 거짓말을 꾹 참아야 하니까 말
야. 40년 동안 같이 살면서 온갖 위선과 기만을
참아 왔으니 말야. 여보! 생일 케이크의 촛불을
꺼 버려! 입을 오므리고 숨을 깊이 들여마셨다
가 빌어먹을 놈의 그 촛불을 꺼 버리라니까!

할 머 니 아이구 맙소사, 아이구, 아이구.

할아버지 왜 그래?

할 머 니 그렇게 오래 같이 살면서도 당신은 내가 당신을
사랑하는 것도 믿지 않는구려.

할아버지 뭐라구?

할 머 니 난 당신을 무척 사랑했어요. 정말이라우 — 당
신의 증오감과 외고집까지도 사랑했다우, 여보!

할머니는 울면서 베란다로 거북하게 뛰어나간다.

할아버지 (혼잣말로) 그게 사실이라면 정말 우스운 일인
데……. (잠시 후 하늘에서 불꽃 터지는 소리) 브리크!
야, 브리크야! (그는 촛불이 타고 있는 그의 생일 케이
크를 내려다보고 있다. 잠시 후 술잔을 든 브리크가 지팡
이를 짚고 절뚝거리며 들어온다. 마거릿은 밝은, 그러나
불안한 미소를 띄우며 따라 들어온다) 널 부른 건 아
니다, 브리크를 불렀지.

마 거 릿 아버님께 인계해 드리려고요. (마거릿이 브리크 입

에다 키스하자 그는 곧 손등으로 닦아 버린다. 마거릿은 소녀처럼 밖으로 달려 나간다. 브리크와 아버지만이 남아 있다)

할아버지 왜 닦아 버리느냐?

브리크 뭐를요?

할아버지 그 애가 침이라도 뱉은 것처럼 키스한 걸 닦아 버리지 않았니.

브리크 그랬던가요. 의식하지 못했는데.

할아버지 네 처는 쿠퍼 처보다 외양은 낫지만, 어딘가 둘이 같은 데가 있다.

브리크 어떤 데가 같은가요?

할아버지 글쎄. 뭐라고 설명할 순 없지만 같단 말야.

브리크 둘이 다 편안해 보이지 않죠?

할아버지 그래, 둘이 다 불안해 보이지.

브리크 고양이들처럼 신경질적이죠?

할아버지 맞았어. 꼭 고양이처럼 신경질적이야.

브리크 뜨거운 양철지붕 위의 고양이 한 쌍 같죠?

할아버지 그렇다. 뜨거운 양철지붕 위의 고양이 한 쌍 같다. 성질이 전혀 다른 너희 형제가 어떻게 똑같은 타입의 여자들을 골라냈는지 참 우스운 일이다.

브리크 우리 형제는 집안만 보고 결혼했으니까요.

할아버지 제기랄…… 왜 두 며느리가 다 그런지 모르겠다.

브 리 크 글쎄요. 두 여자가 커다란 땅 조각 한가운데 앉아 있거든요. 2만 8천 에이커면 굉장히 큰 땅이죠. 그러니까 아버지가 그 땅을 내놓으시게 되면 서로 더 큰 땅 조각을 차지하려는 공세를 취하고 있는 거죠.

할아버지 그 여자들 참 기가 막히는군. 그 따위 생각을 하고 있다면, 난 더 오래 붙들고 있겠다.

브 리 크 좋은 말씀이에요. 잔뜩 붙들고 계세요. 둘이 싸우다 서로 눈이나 빼내게 말이에요.

할아버지 안 그럴 줄 아니? 내 잔뜩 붙들고 있겠다. 두 계집년들이 서로 눈깔들이나 빼내게 말이다. 하, 하, 하…… 하지만 큰 며느리는 애는 잘 낳거든. 다산종인 것만은 너도 인정해 줘야 한다. 젠장, 아까 저녁 먹을 때 애들을 모두 식탁으로 끌고 왔어. 자리가 모자라서 임시로 상을 늘리느라 법석을 떨었다. 다섯 놈이나 되는데, 또 임신중이라더라.

브 리 크 그렇대요. 여섯째 놈이 곧 나온다더군요.

할아버지 브리크야, 정말이지 난 도무지 모를 일이 하나 있다.

브 리 크 뭘 그렇게 모르신다는 거예요?

할아버지 어찌어찌해서 말이다, 네가 땅 한 조각을 얻었다고 하자. 그럼 그 땅 위엔 곧 무언가 자라기 시작하거든. 그득 쌓인단 말야. 손이 채 미칠 수 없을 정도로 자라지. 손을 댈 수 없구말구!

브 리 크 뭐, 자연은 공백을 싫어한다고 하지 않아요.

할아버지 그렇게들 말하더구나. 하지만 때로는 공백이 차라리 낫지, 그곳에 자연이 갖다 놓은 물건들보다 말이다. 저 문밖에 누가 있느냐?

브 리 크 네.

할아버지 누가? (목소리를 낮춘다)

브 리 크 우리가 무슨 얘길 하는지 궁금한 사람이겠죠.

할아버지 쿠퍼냐? — 쿠퍼야!

잠시 신중히 생각하더니, 메이가 베란다 문에 나타난다.

메   이 아범을 부르셨어요?

할아버지 아, 너였구나.

메   이 아범을 불러 올까요?

할아버지 아니다. 그리구 너도 필요 없어. 난 브리크와 단둘이 말하고 싶다. 흉금을 터놓고 할 말이 있단 말야. 문을 닫기엔 너무 덥지만 누가 밖에서 엿듣는다면 부득이 문을 닫을 수밖에 없겠다. 어떻게 하는 게 좋겠냐, 말해 봐라. 난 남의 말

엿듣는 사람이 제일 미워. 숨어서 남의 말 훔쳐
듣는 사람이 제일 싫단 말이다.

메　　이　아이, 아버님두 ─ .

할아버지　네가 달빛을 받고 서 있으니까 그림자가 이리
비치지 않니!

메　　이　전 그저 ─ .

할아버지　엿들으려고 하고선 무슨 변명이 그리 많아.

메　　이　(훌쩍거리며 울기 시작한다) 아이, 아버님. 아버님을
정말 아끼는 식구들한테 너무 심하게 하세요.
왜 그러시는지는 모르지만요.

할아버지　시끄럽다. 시끄러워. 너희 내외를 옆방에서 내
몰아야겠단 말야. 브리크 내외가 밤에 이 방에
서 무슨 짓을 하든 그건 제기랄, 너희들이 참견
할 문제가 아니란 말이다. 너희들은 밤에 빌어
먹을 문구멍으로 엿들어 가지고는 어머니한테
어쩌구저쩌구 다 고해 바치지. 그러면 너희 에
미는 나한테 와서 브리크하고 매기가 이러쿵저
러쿵하더라고 죄다 지껄인단 말이다. 난 진저리
가 난다. 그러니까 너희 내외를 저 방에서 몰아
내겠단 말이다. 난 엿듣는 건 참을 수 없어. 견
딜 수 없단 말야……

메이는 고개를 젖히고 눈알을 위로 굴리며 이 부당하게

당하는 고통에 대해 하느님의 동정을 구하는 듯이 두 팔을 벌린다. 그리고 손수건을 코에 대고 요란스럽게 치맛자락을 끌면서 밖으로 뛰어나간다.

브 리 크 (술장에서) 엿듣는다구요?

할아버지 그래, 그리구 너의 어머니한테 너희 둘 사이가 어쩌구저쩌구 하다구 죄다 고해 바친다니까. 그 애들 말이 — (난처한 듯 말을 끊는다) — 네가 아내하고 같이 안 자려고 한다더라. 소파에서 잔다구. 정말이냐, 아니냐? 아내가 싫으면 이혼해 버려! 거기서 뭘 하는 거지?

브 리 크 술잔을 채우고 있어요.

할아버지 애, 너 정말 보통 술이 아니라는 걸 아느냐?

브 리 크 네, 알아요. 잘 알아요.

할아버지 네가 스포츠 아나운서를 집어치운 것도 다 술 때문이지?

브 리 크 네, 네. 그럴 겁니다.

그는 다시 채워진 술잔 너머로 아버지에게 몽롱하고 정다운 미소를 보낸다.

할아버지 그럴 겁니다가 뭐냐. 얘야, 그건 아주 중요한 문제다.

브 리 크   (멍하니) 그럼요.

할아버지   내 말 좀 들어 봐. 망할놈의 샹들리에는 그만 쳐다보고…… (사이. 할아버지 목소리가 거칠다) 다른 물건도 유럽의 경매장에서 우연히 사게 됐다. (다시 사이) 인생은 귀중한 거다. 우리가 꼭 잡아야 할 건 그것밖에 없어. 술을 마시는 놈은 자기의 인생을 내동댕이치는 거야. 그러면 안 된다. 네 인생에 집착해야지. 인생밖엔 잡을 것이 없단 말이다. 이리 와서 앉거라. 큰소리를 지를 필요가 없게 말이다. 이 집 벽엔 다 귀가 달렸으니까.

브 리 크   (절뚝거리며 소파에 있는 아버지 옆에 가서 앉는다) 좋아요.

할아버지   집어치웠다! 어째서 그렇게 되었지? 무슨 실망이라도 해서 그랬니?

브 리 크   모르겠어요. 아버진 아세요?

할아버지   내가 묻고 있는 거야. 빌어먹을! 네가 모르는데 염병할, 내가 어떻게 알아?

브 리 크   그냥 나왔죠. 전 입에 뭘 문 것처럼 말이 빨리 안 나와서 제 말은 언제든지 운동장에서 진행되고 있는 것보다 두세 박자 뒤지거든요. 그래서 전 ㅡ.

할아버지   그만두었군

브 리 크 (귀엽게) 네, 그만두었어요.

할아버지 애야.

브 리 크 네?

할아버지 (소리를 크게 내며 시거를 깊숙이 빨아들인다. 그러고는 갑자기 몸을 약간 앞으로 구부리며 한 손을 이마에 댄 채 큰소리로 연기를 내뿜는다) 휴 — 하하! 너무 연기를 빨아들였더니 머리가 좀 어찔어찔하구나…… (벽난로 위의 시계가 친다) 염병할, 마음속을 털어놓기가 이다지도 어려운가?

브 리 크 그래요…… (시계 소리가 부드럽게 열 시를 친다) — 소리가 아주 평안하군요. 밤새도록 듣고 싶은데요…….

그는 깊숙이 소파 속으로 기어 들어간다. 할아버지는 어떤 말할 수 없는 불안 때문에 똑바로 앉아 있다. 그가 말할 때의 몸짓은 아주 긴장되어 경련을 일으킨다. 그가 불안해서 말하는 동안 그는 씩씩거리고 헐떡거리며 코를 쿵쿵거린다. 가끔 아들을 수줍은 듯이 재빨리 훔쳐본다.

할아버지 저 시계는 너의 에미하고 나하고 유럽에 관광인가 뭔가로 갔던 그해 여름에 산 거다. 내 생전에 그렇게 혼난 적은 없었다. 그 유럽 놈들이라니! 그 호텔 값이 어찌나 비쌌던지 눈알이 빠져 나올 뻔했다. 그리구 네 어머니는 어찌나 많은 물건을 샀던지 화차 두 대도 모자랄 지경이었어. 거짓말이 아니다. 회오리 바람처럼 돌아다니며 사고 또 사고 또 사곤 했지. 그때 산 물건 중에 반 이상이 아직도 저 지하실 속에 처박혀 있을 거다. 지난 봄에 물이 들어갔지만. (그는 웃는다) 유럽이란 곳은 커다란 고물상에 불과해. 고작 그거지. 낡아빠진 건물투성이고, 그저 커다란 경매장이야. 다 썩어빠진 물건들뿐이야. 그런데 너의 어머니는 미친 듯이 덤벼들더라. 아무리 힘이 센 노새 마차라도 너의 어머닌 못 막았을 거다. 사고 사고 또 샀지. 내가 돈이 많으니망정이지, 그렇구말구, 그 물건의 반 이상이 지하실에서 썩고 있으니 말이다. 내가 돈이 많은 게 천만다행이지, 다행이구말구. 사실 난 부자다. 브리크야, 굉장한 부자란 말야. (잠시 그의 눈이 빛난다) 내 재산이 얼마나 되는지 아니? 맞혀 봐. 얼마나 되나 맞혀 보란 말이다. (브리크는 술을 마시며 멍하니 웃는다) 현금으로 10억에다가 저 밖의 나일 골짜기 이쪽에서 제일 좋은 2만 8천 에이커의 땅에다가 그 위에 자라는 푸른 투자물까지란 말이다. ('쉭, 딱딱딱!' 하는 소리가 난 후

밤하늘에 요기 띤 초록색 불꽃이 활짝 핀다) 하지만 돈
가지고도 못 사는 것이 인생이다. 지나간 인생
은 아무리 많은 돈을 가지고도 돌이킬 수가 없
는 거다. 유럽의 경매장에서도 미국 시장에서도
또 이 세상 어디를 가도 살 수 없는 것이 바로
그 인생이라는 거야. 인간은 돈으로 인생을 살
순 없어. 그의 인생이 막을 내렸을 때 무엇으로
도 되살 수 없는 것이 인생이다…… 이 말은 절
대로 옳은 말이다. 진리야. 난 오늘까지 이 생
각을 내 머릿속에서 떨쳐 버릴 수가 없었다……
얘야, 내가 오늘까지 겪어 온 죽음의 경험 때문
에 난 다른 사람보다 생각도 더 많이 했고 쓸쓸
하기도 했다…… 유럽에 갔을 때 또 한 가지 일
을 내가 기억하고 있지.

브 리 크 무슨 일인데요?

할아버지 스페인의 바르셀로나 항구 주변에 있는 산등성
이에는 애들이 벌거벗은 채 벌거벗은 산등성이
를 뛰어다니며 굶주린 개새끼들처럼 울부짖으
면서 구걸을 하더구나. 한데 바르셀로나 거리를
활보하는 목사들은 살이 피둥피둥 쪘더라. 그렇
게도 많은 목사들이 모두 누룩돼지같이 살이 찌
고 명랑하더구나. 하, 하 — 내가 그 백성을 다
먹여 살릴 수 있다는 걸 너도 아느냐? 난 그 백

성을 충분히 먹여 살릴 수 있지. 하지만 인간이
란 동물은 이기적인 동물이지. 내가 바르셀로나
주변의 산등성이에서 울부짖는 그 애들한테 준
돈은 이 방에 있는 걸상 커버 하나 값밖에 안
된다. 이 걸상에 새 커버 하나 씌우는 값밖에
안 된단 말이다. 제기랄, 난 병아리 모이 주듯
이 애들한테 돈을 던져 줬어. 그 애들로부터 빠
져 나와 차를 타고 도망가기 위해서 돈을 던져
줬지…… 그리고 또 모로코에 있는 아라비아 사
람들 얘긴데, 네다섯 살 때부터 매음을 하더구
나. 이 말은 과장이 아니다. 하루는 내가 마라
케치에 갔었지. 고성으로 둘러싸인 아라비아 도
시다. 담배를 피우느라 무너진 돌담 위에 앉아
있었다. 무척 무더웠어. 한데 어떤 아라비아 여
인이 한길 한가운데 서서 어찌나 날 뚫어지게
쳐다보던지, 그 뜨겁고 먼지 나는 한길 한가운
데 꼼짝 않고 서서 날 어찌나 쳐다보던지 내가
당황할 지경이었어. 그런데 내 말 좀 들어 봐
라. 그 여자는 발가벗은 애를 데리고 있었다.
조그만 발가벗은 계집애를 말이야. 겨우 걸음마
를 할 정도였지. 조금 후에 그 여자가 애를 땅
에다 내려놓고 뭐라고 귓속말을 하더니 나 있는
쪽으로 떼밀더구나. 그 아이는 겨우 걸어서 나

한테로 왔어. 아장아장 나한테로 오더니만 ―
맙소사, 난 그때 일을 생각하면 몸서리가 난다.
그것이 조그만 손을 내밀더니 내 바지 단추를
빼려고 하더란 말이다! 그 애 나이는 아직 다섯
살도 안 된 것 같았다. 내 말이 거짓말 같지?
내가 꾸민 얘기 같지? 난 당장 호텔로 돌아가서
너의 어머니더러 짐을 싸라고 했다. 우린 그곳
에서 한시도 머무르고 싶지 않았어…….

브 리 크 아버지, 오늘은 웬일로 말씀을 많이 하세요?

할아버지 (그의 말을 들은 체 만 체) 그래, 삶이란 그런 거다.
인간이란 동물은 어느 때고 죽는다. 죽어 가는
인간이 어떻게 다른 사람을 동정하겠니? 동정
할 수 없지 ―. 나한테 뭐라고 그랬니?

브 리 크 네.

할아버지 뭐라고 했니?

브 리 크 일어나게 지팡이 좀 집어 주세요.

할아버지 어디 가려구?

브 리 크 에코 스프링으로 가려구요.

할아버지 어디로?

브 리 크 술장으로요.

할아버 집어 드립죠, 도련님 ―(브리크에게 지팡이를 건네준
다) 인간이란 동물은 어느 때고 죽게 마련이야.
그러니까 돈이 있는 놈들은 자꾸만 뭘 사거든.

내 생각엔 말이다, 자기가 살 수 있는 모든 것을 자꾸만 사들이는 이유는 그가 사는 물건 중에 영원한 삶이라는 것이 있기를 은근히 바라기 때문인 것 같아. 그건 불가능한 일인데도…… 인간이란 동물은 말이다 —.

브 리 크 (술장에서) 아버지, 오늘 저녁엔 말이 술술 잘 나오시는군요. (잠깐 사이. 밖에서 사람들의 목소리가 들린다)

할아버지 난 요즘 말을 안 했다. 한 마디도 안 했어. 그저 앉아서 허공만 바라보곤 했었지. 무언가 내 마음을 누르고 있었기 때문에. 한데 오늘 밤 난 그 짐을 벗어 버렸어. 그러니까 자꾸만 지껄이지 않니 — 세상이 다 다르게 보이는구나…….

브 리 크 아버지, 제가 무슨 소릴 제일 좋아하는지 아세요?

할아버지 무어냐?

브 리 크 아주 조용한 거요. 쥐죽은 듯이 조용한 거 말예요.

할아버지 무슨 이유로?

브 리 크 아주 평화로우니까요.

할아버지 이녀석, 죽으면 얼마든지 조용한 곳에 있을 수 있어. (그는 그렇다는 듯이 낄낄 웃는다)

브 리 크 이젠 말씀 다 하셨어요?

할아버지 왜 내 입을 막지 못해 안달이냐?

브 리 크 아버진 밤낮 "너한테 할 얘기가 있다"고 말씀하시지만 얘기해 보면 아무것도 아니거든요. 아무것도 아니란 말씀이에요. 아버지가 의자에 앉으셔서 이것저것 얘기하시면 제가 듣는 것같이 보이지만요, 전 듣는 체하지만 별로 듣고 있지 않아요. 의사 소통이란 — 사람들 사이의 의사 소통이란 여간 어려운 것이 아니지만요 — 어쨌든 아버지와 저 사이에 있어서는요, 그건 —.

할아버지 넌 겁에 질려 본 적이 있니? 내 말은 무엇엔가 두려움으로 떨어 본 적이 있느냐구? (일어난다) 잠깐만, 이 문을 닫아야겠다…….

그는 무슨 큰 비밀이라도 말하려는 듯 베란다 문을 닫는다.

브 리 크 뭐 때문인가요?

할아버지 브리크야.

브 리 크 네?

할아버지 얘야, 난 정말인 줄 알았다.

브 리 크 뭐가요? 뭐 말씀이에요?

할아버지 암 말이다!

브 리 크 아 —.

할아버지 뼈다귀 귀신이 내 어깨 위에 그 차갑고 무거운 손을 뻗친 줄 알았어!

브 리 크 저, 아버진 여태까지 그 얘긴 안 하시더니요.

할아버지 돼지는 죽을 때 소릴 지르지. 인간은 입을 꼭 다물어. 인간이면서도 돼지가 누리는 편의도 누릴 수가 없는 거야.

브 리 크 무슨 편의요?

할아버지 죽는 것은 ─ 모르는 게 훨씬 행복하지. 인간은 그 행복을 누리지 못해. 이 세상에 살아 있는 것 중에서 죽음을 인식하는 건 오직 인간뿐이거든. 죽음이 무엇이라는 걸 안단 말야. 다른 생물들은 모든 살아 있는 것이 가야 할 길을 모르고 살아가니까 모르고 죽지. 죽음이 무엇인지 전혀 모른단 말야. 그러면서도 돼지는 죽을 때 소리를 지르지. 하지만 인간은 때로는 입을 다물 수가 있어. 때때로 인간은 ─(그에게는 마음속 깊이 쌓인 사나움이 있다) 입을 꽉 다물 수가 있단 말이다. 얘야, 저 말이다 ─

브 리 크 뭐예요, 아버지?

할아버지 위스키 한 잔 마셔도 결장에 해롭지 않을까?

브 리 크 해롭다니요, 좋을 거예요.

할아버지 (갑자기 씩 웃는다. 잔인하게) 젠장, 뭐라고 말해야 좋을까! 하늘이 변했어. 다시금 세상이 내 앞에

열렸단 말이다! 열렸다! 얘야, 열렸어!

브리크는 자기 술잔을 내려다본다.

브 리 크 좀 나으세요, 아버지?

할아버지 낫냐고? 제기랄! 숨은 쉴 수 있구나 — 일평생을 두 주먹을 불끈 쥐고 살아왔다. (술을 따른다) 치고 받고 몰아내고! — 이제 난 꼭 쥐었던 두 주먹을 풀고 만사를 쉽게 해결해 나가야겠다. (허공을 껴안은 듯 두 손을 뻗는다) 너, 내가 무슨 생각을 하고 있는지 아니?

브 리 크 (멍하니) 몰라요, 무슨 생각을 하고 계세요?

할아버지 하, 하! — 재미 좀 보려구. 여자 재미 말야! (브리크의 미소는 약간 사라지나 아직도 남아 있다) 브리크야, 그 생각을 하면 내 몸이 달아오른다. 정말이다. 네가 상상도 못할 얘길 할까. 난 아직도 여자에 대한 욕망을 가지고 있어. 오늘이 내 예순다섯번째 생일인데도 말이다.

브 리 크 굉장한 얘긴데요, 아버지.

할아버지 굉장하다구?

브 리 크 놀랄 만하다구요.

할아버지 빌어먹을, 네 말이 옳다. 굉장하기도 하고 놀랄 만도 하지. 지금 와서 생각해 보니 난 마음껏 재미를 못 봤다. 많은 기회를 놓쳐 버렸어. 양심이라는 것 때문에, 그 양심이니 관습이니 하는 것 때문에. 젠장…… 그놈의 것들은 모두 기만이야. 기만이다, 기만! ― 죽음의 그림자가 다가왔을 때에야 비로소 난 그걸 깨달았다. 이제 죽음의 그림자가 걷혔으니, 모든 구속에서 벗어나 신나게 놀아 보겠다!

브리크 놀아 보시겠다구요?

할아버지 그래, 놀아. 논다니까! 빌어먹을! ― 난 너의 어머니하고 가만 있자, 5년 전까지도 한자리에서 잤다. 그러니까 내가 예순, 너의 어머니가 쉰여덟 살 때까지 말이다. 한데도 너의 어머니를 좋다고 생각해 본 적이 없다. 절대로 없었지.

마루방에서 전화 소리가 아까부터 울린다. 할머니는 소리를 지르며 들어온다.

할머니 아니, 전화 소리가 안 들리나? 난 저 밖에 베란다에서도 들리던데.

할아버지 이 앞 베란다에서 그쪽으로 갈 수 있는 방이 다섯 개나 있어. 왜 하필이면 이 방을 통해서 가는지 모르겠군. (할머니는 수선스럽게 마루방으로 나가면서 장난으로 우스운 표정을 만든다) 흠, 너의 어머

니가 방에서 나가면 난 너의 어머니 얼굴을 금
세 잊어버린다. 한데 너의 어머니가 다시 방에
들어오면 말이다, 금세 생각이 나거든. 생각이
안 나는 게 더 좋겠는데 말야. (이 농담이 우스워서
몸을 구부리고 웃다가 배가 아픈지 몸을 똑바로 세우며
얼굴을 찡그린다. 술을 괜히 마셨다는 듯이 술잔을 테이
블 위에 내려놓으며 웃음을 그치고 몇 번 낄낄 웃는다. 브
리크는 일어나서 베란다 문으로 가 있다) 얘, 어딜 가
려구 그러니?

브 리 크 잠깐 밖에 나가 쉬려구요.

할아버지 아직 나가면 안 돼. 내 얘기가 끝날 때까지 여
기 있어.

브 리 크 얘기가 다 끝난 줄 알았어요.

할아버지 아직 시작도 안 했다.

브 리 크 제가 잘못 알았군요. 용서하세요. 그저 시원한
강바람을 마시고 싶었어요.

할아버지 천장의 선풍기를 틀어라. 그리고 저 의자에 가
서 다시 앉거라.

할머니 목소리가 크게 마루방에서 들려 온다.

할 머 니 그래서 탈이라니까. 샐리, 그저 말썽투성이야.
아니, 나한테 설명해 달라고 했으면 오죽이나

잘 해줬겠어.

할아버지 젠장, 노처녀 고모하고 말하나보구나.

할 머 니 안녕히 계세요. 곧 한번 들러요. 오라버니가 얼
마나 기다린다구. 네에, 안녕, 샐리…… (전화를
끊고 유쾌한 듯이 웃어 젖힌다. 할아버지는 끙끙 앓는 소
리를 하며 할머니가 문 가까이 오는 듯하자 귀를 막는다.
갑자기 안에다 대고 떠들어 댄다) 여보, 고모가 멤피
스에서 또다시 전화를 걸었지 뭐유. 글쎄, 고모
가 어떻게 했는지 알아요? 멤피스에 있는 의사
한테 전화를 걸어서 발작증이라는 게 뭔지 설명
을 해 달라고 했대요! 하아, 하하하 — 그리고
얼마나 마음이 놓이는지 그 얘길 하려구 이리
전화를 건 거래요 — 이봐요! 좀 들어갑시다!

할아버지는 반쯤 열린 문을 할머니가 못 들어오게 꼭
붙잡고 있다.

할아버지 안 돼, 이리 오지도 말고 지나다니지도 말라고
하잖았소. 저쪽 다른 방문으로 나가라니까.

할 머 니 여보, 여보, 이봐요 — 아까 한 말 다 거짓말이
었죠, 그렇죠? (할아버지는 문을 꼭 닫아 버린다. 그러
나 할머니는 여전히 부른다) 여보, 영감. 영감님 —
아까 한 그 지독한 말들 다 농담이었죠? 난 다

알아요. 당신 마음에서 우러나온 얘기가 아니란
걸 난 다 알아요…… (어린애 같은 할머니 목소리가
울음 소리로 변하면서 마루 저쪽으로 사라지는 무거운 발
소리가 들린다. 브리크는 다시 지팡이를 짚고 일어나 베
란다로 나가려고 한다)

할아버지 내가 너의 어머니한테 바라는 건 제발 날 좀 내
버려 둬 달라는 것뿐이다. 내가 지겨워한다는
걸 통 인정할 수가 없는 모양이야. 너무 오랫동
안 한 자리에서 잤기 때문인 게지. 진작 한 자
리에 들지 말걸. 한데 저 늙은이는 그래도 모자
라는 모양이다. 난 침대 속에선 훌륭하거든……
너의 어머니한테 너무 정력을 쏟은 것 같아. 다
른 사람들은 여자를 수없이 거느리기 때문에 번
호를 붙여 준다고 하던데, 이제 난 조금밖에 안
남았다. 정력이 말이다. 그러니 조금밖에 안 남
은 정력을 쏟을 만한 좋은 여자를 골라야지! 알
짜 여자를 고르려고 해. 돈이 얼마가 들든지 그
건 문제가 아니다. 난 그 여자를 온통 밍크로
휘감아 줄 거다. 하, 하. 홀랑 벗기고 밍크로 칭
칭 감아 주겠다고. 다이아몬드로 그 여잘 질식
시키겠단 말야. 하, 하. 옷을 몽땅 벗기고 다이
아몬드와 밍크로 숨을 콱 막아 놓는다니까. 그
여잘 완전히 녹여 버릴 테다. 하, 하, 하, 하!

메 이 (문에서 명랑하게) 누가 방안에서 저렇게 웃을까?

쿠 퍼 아버지가 웃고 계신가?

할아버지 저 두 연놈이…… (그는 브리크에게 가서 어깨를 만진다) 얘, 브리크야, 이녀석 — 난 — 행복해. 행복하단 말이다! (잠깐 숨이 막히자 그는 아랫입술을 깨문다. 빨리, 수줍은 듯이 자기 머리를 브리크의 머리에 갖다 댄다. 그러고는 기침이 나오자 당황해서 아까 술잔을 내려놓았던 테이블로 간다. 그는 술을 마신다. 그러고는 속이 확 달아오르자 상을 찌푸린다. 브리크는 한숨을 쉬며 가까스로 일어난다) 넌 왜 그렇게 안절부절 못하냐? 궁둥이에 개미라도 들어갔단 말이냐?

브리크 네, 저…….

할아버지 왜 그래?

브리크 — 그게 — 아직 안 들려요.

할아버지 그래? 그게 뭔데?

브리크 (슬프게) 똑딱 소리요.

할아버지 똑딱 소리라고?

브리크 네, 똑딱 소리예요.

할아버지 뭐가 똑딱거린단 말이냐?

브리크 제 머릿속에서 똑딱 소리가 나야만 마음이 편안해져요.

할아버지 제기랄, 무슨 소릴 지껄이는지 통 모르겠구나. 하지만 심상치는 않다.

브 리 크 그건 그저 기계적이에요

할아버지 뭐가 기계적이란 말이냐?

브 리 크 마음을 편안히 안정시켜 주는 똑딱 소리 말예
요. 그 소리가 머릿속에서 들릴 때까지 전 마셔
야 하거든요. 그건 순전히 기계적이라니까요.
마치 ― 그건 ―.

할아버지 마치 어쨌다는 거냐?

브 리 크 머릿속에 스위치를 켜는 것 같아요. 무더운 낮
을 꺼 버리고 시원한 밤을 켜는 것 같아요. 그리
고 ― (그는 슬프게 미소 지으며 위를 쳐다본다) 갑자
기 마음이 편안해지죠.

할아버지 (놀라서 길고 부드러운 휘파람을 분다. 브리크에게로 가
서 아들의 두 어깨를 잡는다) 맙소사! 난 그렇게까지
악화된 줄은 몰랐다. 애야, 넌 ― 알코올 중독
자야!

브 리 크 그건 사실예요. 전 알코올 중독자예요.

할아버지 내가 일처리를 이렇게 하다니!

브 리 크 제 마음을 편안하게 해주는 그 조용한 똑딱 소
리를 듣지 않고선 못배깁니다. 언제나 이보다
좀 이르게 오는데요. 어떤 때는 오정 때부터 들
리기 시작하죠 ― 한데 ― 오늘은 아주 더디군
요…… 아직 제 몸에 알코올 기운이 충분히 스
며들지 못했나보군요…….

이 마지막 말은 나머지 술을 쭉 들이켜며 힘있게 한다.

할아버지 아하, 내가 죽을 날을 기다리느라 눈이 멀었었구나. 내 아들이 내 코밑에서 술주정뱅이가 될 줄은 꿈에도 생각 못했다.

브 리 크 (부드럽게) 자, 이젠 아셨죠, 아버지. 잘 알아들으셨죠.

할아버지 어허, 그래 알았다. 잘 알아들었다…….

브 리 크 그러니까 나가게 해주세요.

할아버지 안 돼, 못 나간다.

브 리 크 그 똑딱 소리가 날 때까지 혼자 있는 게 좋은데요. 그건 기계적인 거라니까요. 하지만 아무하고도 말하지 않고 혼자 있을 때만 그 소리가 들린단 말예요…….

할아버지 너 혼자서 가만히 앉아 있을 시간은 얼마든지 있다. 하지만 지금은 나하고 얘기하고 있는 중이야. 적어도 내가 너한테 말하고 있는 중이다. 그러니 내가 말이 끝났다고 할 때까지 거기 앉아서 듣거라!

브 리 크 하지만 밤낮 하시던 그 말씀 또 되풀이하시는 게 아니에요. 그 소리가 안 들려요. 전 —전 — 괴롭단 말예요, 아버지.

할아버지 그래, 괴로운 건 할 수 없지. 하지만 그 걸상에서 꼼짝 마라! 그 지팡이를 치워 놓아야지.

그는 지팡이를 집어서 방 저쪽으로 던진다.

브 리 크   한 발로 얼마든지 뛸 수 있어요. 넘어지면 기어
         가죠!

할아버지   말 안 들으려거든 이 집에서 기어 나가란 말야.
         그러면 염병할 더러운 빈민굴로 술잔을 들고 쏘
         다니게 될 테니까!

브 리 크   그렇게 되겠죠.

할아버지   천만에, 그렇겐 안 되지. 넌 내 아들이야. 내가
         버릇을 고쳐 놓겠다. 이젠 내가 온전하니까 널
         온전하게 만들 작정이다.

브 리 크   그래요?

할아버지   오늘 병원에서 진단서가 왔다. 뭐라고 결론이
         났는지 너도 알지? (그의 얼굴은 승리감으로 빛난다)
         그 큰 병원의 모든 과학적 기구를 총동원해서
         찾아낸 것이 겨우 결장에 약간의 발작증이 있다
         는 것뿐이었어. 한데 그까짓 것 때문에 그 동안
         얼마나 신경을 썼었니. (조그만 소녀가 갑자기 양쪽
         주먹에 꽃불을 한 개씩 쥐고 뛰어 들어와서 미친 원숭이
         처럼 깡충깡충 뛰고 꽥꽥 소리를 지르다가 할아버지가 때
         리자 막 뛰어나간다) 내가 빅스버그 태풍보다도 더

세계 안도의 한숨을 몰아 쉰 걸 너도 알아야 한다.

브리크   그럼 아버진 가실 준비를 안 하고 계셨어요?

할아버지   가긴 어딜 가? 젠장…… 사람은 한 번 가면 아주 영원히 없어지는 거야. 인간이라는 기계도 날짐승이나 물고기나 곤충이나 파충류의 기계와 다를 게 없는 거다. 다만 인간은 빌어먹게 더 복잡하게 생겨 먹어서 살아가기가 더 어려운 것뿐이지. 정말 난 암인 줄 알았다. 온 세상이 내 발밑에서 후들후들 떨리고 하늘이 새까매져서 꼭 숨이 막힐 것만 같았다. 한데 오늘 말이다! 까맣던 하늘이 활짝 개었다! 난 처음으로 크게 숨을 쉬었어 ― 몇 해 만이냐? ― 제기랄, 3년 만이구나…… (밖에서 웃음 소리, 뛰어가는 발소리. 꽃불이 터지는 부드러운 소리와 불빛. 브리크는 한참 동안 그를 침착하게 쳐다본다. 그러고는 갑자기 놀란 듯한 소리를 내며 뛰어 일어나서 한쪽 발로 서더니 지팡이를 집으려고 깡총깡총 뛰어서 방 건너쪽으로 간다. 넘어지지 않으려고 가구들을 붙잡는다. 그는 지팡이를 집어 가지고 공포에 사로잡힌 사람처럼 베란다로 달려 나가려고 한다. 아버지는 그의 하얀 명주 파자마 소맷자락을 붙잡아서 멈춰 세운다) 망할 자식! 가라고 하기 전엔 못 간다니까!

브 리 크 못 있겠어요.

할아버지 염병할, 있으라면 있지 못해!

브 리 크 못 있겠어요. 밤낮 얘기해야 그게 그거죠. 아무 결론도 없단 말예요! 언제나 마찬가진걸요. 할 얘기가 있다고 하시지만, 사실은 아무 할 말이 없으신 거예요.

할아버지 내가 죽을 걸 뻔히 알면서 살 계획을 세우는 체 했을 때는 사실 할 얘기가 없었다.

브 리 크 그것 보세요! 그 말씀을 하시려고 그러시는 거예요?

할아버지 그래, 이 고얀놈! 그게 중요한 얘기가 아니란 말이냐?

브 리 크 그럼 이젠 중요한 얘길 다 하셨으니까 전 이대로─ .

할아버지 여기 앉으란 말야.

브 리 크 아버진 지금 정신이 혼란하신 거예요.

할아버지 난 정신이 말짱해.

브 리 크 뭐가 말짱하세요! 뒤죽박죽이신데요.

할아버지 내 참견은 하지 마라, 술주정뱅이 같으니! 앉지 않으면 이 소매를 찢어 버릴 테다!

브 리 크 아버지 ─ .

할아버지 하라는 대로 해! 이제 내가 이 집 어른이야! 내가 다시 운전수 자리에 앉게 됐다는 걸 명심해!

(할머니는 벌렁거리는 커다란 가슴을 쥐어 잡고 뛰어 들어온다) 빌어먹을, 왜 자꾸 들어와?

할 머 니 아유, 여보! 왜 그렇게 소릴 지르우? 정말 들을수록 어이없어요 — .

할아버지 (그의 손등을 머리 위로 올리며) 당장 나가!

할머니는 울면서 뛰어나간다.

브 리 크 (조용히 슬프게) 맙소사…….

할아버지 (사납게) 그래, 하느님 맙소사야. (브리크는 몸을 빼서 베란다 쪽으로 절뚝거리며 간다. 할아버지는 브리크 밑으로 지팡이를 잡아 뺀다. 브리크는 다친 발목으로 디딘다. 그는 아픈 듯이 소리를 지르며 걸상을 잡다가 마루에 쓰러지며 걸상을 자기 배 위로 잡아당긴다) 이 염병을 하다 땀도 못 낼 놈…….

브 리 크 아버지! 지팡이 이리 주세요. (할아버지는 브리크의 손이 닿지 못하게 저만큼 내던진다) 지팡이 이리 내시라니까요.

할아버지 넌 왜 술을 마시니?

브 리 크 몰라요. 지팡이 주세요.

할아버지 이유가 없으면 끊으란 말야!

브 리 크 제발 지팡이 좀 주세요. 그래야 일어날 수 있을 게 아녜요?

할아버지 내 말에 대답부터 하란 말이다. 뭣 때문에 술을 마시니? 왜 네 인생을 내동댕이치는 거냐? 그게 길거리에서 주운 보기 싫은 물건인 줄 아니?

브 리 크 (무릎을 꿇고) 아버지, 아파 죽겠어요. 다친 다리로 짚어서요.

할아버지 잘됐어! 아픈 걸 아는 걸 보니 아직 술에 완전히 마비되진 않았나보구나!

브 리 크 아버지 때문에 — 술도 다 쏟았어요.

할아버지 이렇게 약속하자. 왜 술을 마시는지 얘기하면 내가 한 잔 주마. 내 손으로 따라서 너한테 주겠단 말이다.

브 리 크 왜 술을 마시느냐구요?

할아버지 그래, 왜 마시지?

브 리 크 한 잔 주세요. 말할 테니까요.

할아버지 먼저 말을 하란 말야.

브 리 크 한 마디로 말하겠어요.

할아버지 뭐냐?

브 리 크 증오요! (시계가 부드럽고 조용하게 친다. 할아버지는 잠깐 화난 듯이 시계를 흘겨본다) 이젠 술을 주셔야죠.

할아버지 뭐에 대한 증오냐? 먼저 그걸 얘기해야지. 그저 증오라면 말이 되지 않는다!

브 리 크 지팡이를 주세요.

할아버지   내 말이 안 들리니? 내가 묻는 말에 대답부터
하란 말야.

브 리 크   말씀 드리지 않았어요. 증오를 없애기 위해 마
신다구요.

할아버지   뭐에 대한 증오냐 말야!

브 리 크   너무 어려운 질문인데요.

할아버지   뭣을 그렇게 증오하느냐구? — 대답하면 내가
술을 주겠단 말이다.

브 리 크   전 한 발로 뛸 수 있어요. 넘어지면 기어갈 수도
있구요.

할아버지   그렇게까지 술이 마시고 싶으냐?

브 리 크   (침대에 기대서 몸을 질질 끌며) 네, 그렇게 술이 마
시고 싶어요.

할아버지   내가 술을 주면 뭣을 그렇게 미워하는지 말하겠
니?

브 리 크   네, 대답하겠어요. (노인은 술을 따라서 엄숙하게 그
에게 넘겨준다. 브리크가 마시는 동안 침묵) 아버지,
'허위'라는 말 들어 본 적 있으시죠?

할아버지   물론이지, 허위라는 건 싸구려 정치가들이 서로
주고받는 어려운 말이지.

브 리 크   무슨 뜻인지 아시죠?

할아버지   거짓말이나 거짓말쟁이를 가리키는 말이 아니
냐?

브 리 크 맞아요. 거짓이나 거짓말쟁이를 의미하죠.

할아버지 누가 너한테 거짓말을 하더냐?

아 이 들 (무대 뒤에서 합창으로 노래한다) 할아버지 나오세요! 할아버지 나오세요!

쿠퍼가 베란다 문에 나타난다.

쿠   퍼 아버지, 아이들이 저기서 할아버지를 찾고 있어요.

할아버지 (사납게) 나가 있어! 쿠퍼.

쿠   퍼 죄송합니다!

할아버지는 쿠퍼가 나가자 문을 쾅 닫아 버린다.

할아버지 누가 너한테 거짓말을 하더냐? 마거릿이 그러더냐? 네 처가 너한테 뭣인가 거짓말을 하더냐구.

브 리 크 아뇨, 그런 건 아무 관계도 없어요.

할아버지 그럼 누가 거짓말을 하던? 뭘 말야?

브 리 크 어떤 한 사람만이 하는 게 아녜요. 한 가지만도 아니구요 ─.

할아버지 그럼 뭐야? 뭐냐구, 제기랄.

브 리 크 모두예요. 전체가 다 그래요…….

할아버지 왜 머리를 문지르니? 골치가 아프냐?

브 리 크 아뇨, 전 생각을…….

할아버지 집중시키려고 하는데 안 된단 말이지. 네 골통이 술에 흠뻑 배서 그렇지. 골통이 썩었어! (그는 브리크의 손에서 술잔을 잡아챈다) 도대체 네가 허위라는 것에 대해서 뭘 아니? 염병할! 난 그것에 대해서 책이라도 한 권 쓸 수 있다! 알겠니? 난 책 한 권을 쓸 수 있단 말야. 그러고도 더 쓸게 얼마든지 남아 돌아가지. 정말이다. 난 책을 한 권 쓰고도 더 쓸 게 얼마든지 있단 말이다. 내가 여태껏 겪어 온 그 위선을 생각해 봐. 위선 말야! 그것도 허위가 아니냐? 그런 체하는 것을 넌 생각하거나 느껴 본 일이 있니? 예를 들면 내가 너의 어머니를 퍽 생각하는 것처럼 행동하는 것 말이다 ― 사실은 40년 동안이나 그 모습이나 목소리나 냄새를 견딜 수 없이 싫어했다. 같이 잘 때까지도 그랬다 ― 그저 기계처럼 규칙적이었을 뿐이야…… 저 지겨운 쿠퍼 내외하구 쟝굴 속의 앵무새들 모양 아우성치는 다섯 새끼들도 다 좋아하는 체해야 하거든. 젠장! 보기도 싫은 놈들을 말이다! 교회는 또 어때. 정말 지긋지긋하지만 참고 가거든. 가 앉아서 바보 같은 목사 얘기를 듣지. 클럽들도 마찬

가지야. 사슴 클럽, 비밀 공제 클럽, 로터리 클럽! 빌어먹을! (갑자기 진통이 있는 듯 그는 배를 움켜쥔다. 그는 의자에 주저앉는다. 그의 목소리는 더 작고 쉰 것 같다) 왜 그런지 난 네가 좋아. 언제나 진정한 애정을 — 아니, 존경 같은 걸 — 가지고 있어. 언제나 그랬어. 내 일생에 전심전력 내 몸을 바친 곳이 있다면 그건 너와 농장주로서의 성공, 그것뿐이었어 — 이것은 사실이다. 그 이유는 알 수 없지만 사실이 그런 걸 어떡하겠니. 난 허위 속에서 살아왔다 — 너라고 허위 속에서 못 산다는 법도 없어. 젠장, 너도 허위 속에서 살아야 해. 허위 말고 무엇이 있겠니.

브리크 있어요. 있구말구요. 허위 말고도 살 곳이 있다니까요.

할아버지 무어냐?

브리크 이거요, 술 말예요.

할아버지 그건 사는 게 아니다. 그건 삶을 회피하는 거지.

브리크 전 삶을 회피하고 싶어요.

할아버지 그럼 자살이라도 하지 그래?

브리크 술 마시는 게 좋은 걸요…….

할아버지 제기랄, 너하고는 말이 안 되는구나.

브리크 죄송합니다.

할아버지 미안할 건 없다. 내가 오히려 안된 생각이 든다. 내 말을 좀 들어 봐라. 얼마 전 내가 죽을 때가 가까워온다고 생각했을 때 — (이 대사는 굉장한 속도로 격렬하게 해야 된다) 내 병이 결장 — 발작증이라는 걸 몰랐을 때 말이다. 난 네 생각을 했다. 내가 가게 되면 내 재산을 너한테 물려줘야 할 것인가, 말아야 할 것인가. 난 네 형 내외가 밉단 말이다. 그 애들도 날 미워하고 있지만. 그리구 원숭이 같은 다섯 새끼들도 다 싫어 — 한데 어떤 때는 안 되지 싶다가 또 어떤 때는 줘야지 하는 생각이 들곤 했지. 내 마음을 결정할 수가 없었다. 난 쿠퍼와 그 다섯 원숭이 새끼들, 또 암캐 같은 메이가 다 싫단 말이다. 그럼 뭣 때문에 내가 싫어하는 인간들에게 나일 골짜기에서 제일 좋은 2만 8천 에이커의 땅을 주어야 되느냐 말이다. 하지만 또 한편으론 너 같은 놈에게 술이나 처먹으라고 주기도 싫다 — 아무리 좋아하고 사랑하는 아들이라도 말이다 — 그럴 순 없지 — 아무짝에도 쓸데없는 그 따위 짓을 장려하다니 — 썩어 문드러진 그런 짓을 말이다.

브 리 크 (미소를 지으며) 잘 알아요.

할아버지 네가 안다면 나보다 훨씬 현명하구나. 빌어먹

제2막 119

을, 난 알 수가 없으니까 말이다. 한데 이 말만은 솔직히 하겠다. 그 문제에 대해 난 아직 결정을 못 지었기 때문에 오늘까지도 유서를 못 만들었어 — 이젠 유서를 써 놓을 필요도 없지만. 그럴 긴급한 사정이 해소됐거든. 난 인제 네가 정신을 차리나 못 차리나 기다리며 지켜보겠단 말이다.

브리크 옳은 말씀예요.

할아버지 내가 농담을 하는 줄로 생각하는 것 같구나.

브리크 (일어나며) 아녜요, 농담이 아니라는 걸 알고 있어요.

할아버지 한데 넌 아무 관심도 없단 말이지?

브리크 (베란다 문 쪽으로 가며) 네, 전 아무 관심도 없어요. 자, 이제 아버지 생신 축하 불꽃놀이하는 걸 보러 나가요. 시원한 강바람도 쐬구요. (그가 베란다 문에 서자 밤하늘에 분홍, 연두, 금빛 꽃불이 계속적으로 터진다)

할아버지 잠깐만! 얘…… (말소리가 낮아진다. 갑자기 자신을 억제하는 행동 가운데 어딘가 좀 수줍고 애정에 넘친 데가 있어 보인다) 우리 여기서 말을 중단하지 말자. 언제나 하던 식으로 — 빙빙 돌려서 딴 얘기만 하고 — 항상 그랬지. 무슨 이유인지 겉만 핥았지. 무언지 모르지만 말해야 할 것을 감추고 말이다. 뭔가 말하기를 꺼려했단 말이야. 우리 둘 이 다 정직하지 못했기 때문이겠지만 ─.

브 리 크 전 아버지께 거짓말을 한 적은 없어요.

할아버지 난 너한테 거짓말을 하던?

브 리 크 아뇨…….

할아버지 서로 거짓말하지 않는 사람이 적어도 둘은 되는 셈이구나.

브 리 크 하지만 진심을 말해 본 적도 없었죠.

할아버지 지금은 할 수 있지 않니.

브 리 크 아버지, 별로 드릴 말씀이 없는 것 같은데요.

할아버지 넌 허위에 대한 증오심 때문에 술을 마신다고 했지.

브 리 크 이유를 말하라고 하시지 않았어요.

할아버지 그 증오를 없애는 길은 술밖에 없겠니?

브 리 크 현재로는 그래요.

할아버지 하지만 전엔 안 그랬다 이거지?

브 리 크 제가 젊고 자신이 있었을 땐 안 그랬어요. 술 마 시는 사람은 자기가 아직도 젊고 자신이 있다고 생각하기 위해서 마시는 거예요.

할아버지 무슨 자신?

브 리 크 자신요…….

할아버지 뭣에 대한 자신이냐구?

브 리 크 (완강하게 회피하며) 그저 믿는 거죠…….

할아버지 도대체 그 자신이란 게 뭔지 난 모르겠다. 너
자신도 뭔지 모르고 지껄일 거다. 하지만 네 몸
에 아직도 피가 뛰놀거든 스포츠 중계를 계속하
란 말이다.

브 리 크 중계석에 앉아서 제가 그만둔 그 운동 시합을
지켜 보라구요? 이제 제가 할 수 없는 운동을
다른 선수들이 해내는 걸 보고 지껄이라구요?
제가 어울리지도 않는 경기에서 선수들의 증오
와 혼란을 자아내라구요? 버번 위스키를 섞은
코카콜라를 마시며 그걸 참으라구요? 이젠 다
소용없어요. 어쩔 수 없어요 — 세월이 절 내동
댕이쳤어요 — 먼저 달아났단 말예요…….

할아버지 넌 딴 데다 핑계를 대고 있구나.

브 리 크 아버진 술 마시는 사람들을 꽤 많이 아시죠?

할아버지 (가볍고 매력적인 미소를 지으며) 그런 유의 인간을
꽤 알고 있다.

브 리 크 그 중에 누구든지 자기가 왜 술을 마시는지 알
던가요?

할아버지 그래. 넌 세월이니 '허위'에 대한 증오니 하고
딴 데다 핑계를 돌리고 있단 말이다. 그리구 —
제기랄 — 네가 그 따위 말을 쓰지만 다 공갈이
란 말야. 난 곧이듣지 않는다.

브 리 크 술을 마시고 싶으니까 이유를 댄 거죠.

할아버지 네 친구 스키퍼가 죽은 다음부터 넌 술을 마시
기 시작했지.

다섯 셀 동안의 사이. 그리고 브리크는 무엇엔가 깜짝
놀란 듯 지팡이를 집으려 한다.

브 리 크 무슨 뜻으로 하시는 말씀이죠?

할아버지 별 뜻은 없어. (아버지의 계속적인 엄숙한 시선을 피하
려고 빨리 절뚝거리며 나가느라 다리를 끌며 소리를 낸다)
— 그런데 네 형 내외는 너희 둘 사이의 우정에
무언가 좋지 못한 점이 있는 것 같다고 — .

브 리 크 (마치 등이 벽에 닿은 것처럼 무대 앞쪽에서 갑작스레 멈
춘다) '좋지 못하다'구요?

할아버지 말하자면 너희들 우정이 아주 정상적인 것은 아
니라구…….

브 리 크 그들도 그런 말을 했어요? 제 처가 그런 생각을
하고 있는 줄 알았더니. (결국 초연하려던 브리크의
태도가 완전히 깨진다. 그의 심장은 빨리 뛰고 이마에는
땀방울이 맺히고 숨소리도 가빠지며 목소리는 거칠어진
다. 아버지는 머뭇거리며 억지로 말하고 있고, 브리크가
사납고 맹렬하게 말하고 있는 이 얘기의 주제는 스키퍼가
죽었기 때문에 부인할 수도 인정할 수도 없는 것이다. 만
일 그런 일이 있었다고 해도 그들이 사는 이 사회에서 체

면을 지키기 위해서는 부인되었어야 한다는 그 사실이 브리크가 술을 마시는 이유로 삼고 있는 '허위'에 대한 증오의 중심을 이루고 있는지도 모른다. 그것이 브리크의 멸망의 근원인지도 모른다. 혹은 그것은 그다지 중요하지 않은 한낱 시위에 지나지 않는지도 모른다. 이 연극에서 내가 노린 점은 어떤 한 사람의 심리적인 문제를 해결하려는 것이 아니다. 한 그룹의 사람들이 겪는 체험의 진정한 성격 ─ 즉 위기에 놓인 인간들의 잘 보이지 않는, 그리고 깜빡깜빡하는 변동하기 쉬운 경험의 성격을 잡는 데 있다. 똑같은 위기의 번개구름 속에서 생생한 인간들의 상호작용을 파악하려는 것이다. 극중 인물의 표현에 있어서는 언제나 신비성이 남아 있어야 한다. 그것은 우리 실생활에 있어서 자기 자신도 모를 자신의 신비성이 있듯이, 항상 많은 성격의 신비성이 있는 것과 같다. 그렇다고 해서 합법적으로 할 수 있는 한 명확하게 또 깊이 관찰하고 꿰뚫어보아야 하는 극작가로서의 임무를 소홀히 해도 된다는 것은 아니다. 그것은 인간 체험의 진실을 잡지 못하고 연극을 위한 연극을 만드는 그럴 듯한 결론 또는 피상적인 정의를 내리는 것을 막아야 한다는 뜻이다. 다음 장면은 굉장한 집중력을 가지고 연기해야 한다. 말로써 표현되지 않은 주제를 억제하면서도 감촉할 수 있게 하는 데 역점을 두어야 한다) 또 누가 그런 암시를 하던가요? 아버지가요? 그런 생각을 하는 사람이 몇 명이나 되죠?

할아버지 (부드럽게) 얘, 잠깐만, 내 말을 들어라 ― 난 젊었을 때 여기저기 방랑을 했다.

브 리 크 그게 무슨 관계가 있어요 ―.

할아버지 잠깐 들으라니까! 방방곡곡을 헤매며 구걸을 했단 말야. 그래서 결국은 ―.

브 리 크 누가 그런 소릴 해요? 또 누가 그런 말을 하느냐구요?

할아버지 깡패 소굴과 철도 근처의 청년회관 또는 싸구려 여인숙에서 잠을 잤지. 그런데 ―.

브 리 크 아버지도 그렇게 생각하시는군요. 당신의 아들을 변태라고 생각하시죠. 아! 그래서 전에 잭 스트로와 피터 오켈로가 살던 이 방, 또 노처녀인 두 자매가 나란히 더블베드에서 자다가 죽은 이 방을 우리 내외한테 주셨군요!

할아버지 아니, 나한테 그런 공격을 해서는 안 된다.

―(갑자기 투커 목사가 베란다 문 쪽에 나타난다. 그는 장난하듯이 바보처럼 약간 고개를 삐딱하게 하고 일부러 지은 목사의 전형적인 미소를 띠우고 있다. 휘파람 소리로 매를 부르는 사냥꾼처럼 엄숙한 표정이다. 현명하고 전통적인 허위의 산 표본이다. 할아버지는 이렇게 완전히 때를 맞춰 나타난, 그러나 적당하지 않은 출현을 보고 약간 헐떡이며 말한다) 무슨 볼일이라도 있소?

투커목사　남자 변소가 어디 있는지요. 하, 하 — 헤, 헤…….

할아버지　(부자연스럽게 예의를 차리며) — 나가서 베란다 저쪽 끝으로 가시오, 투커 목사님. 그리고 내 침실에 붙어 있는 세면소를 쓰시오. 못 찾겠거든 사람들한테 물어 보슈.

투커목사　아, 고맙습니다. (방패삼아 낄낄거리며 나간다)

할아버지　여기서 얘기 좀 하려니까 방해도 많구먼…….

브 리 크　제기랄!

할아버지　(중간 얘기를 뛰어넘어서) 1910년까지 난 여러 가지 경험도 했고 배우기도 했다. 젠장, 그해 발이 닳도록 헤매다가 — 어떤 화물차에서 뛰어내려 보니까, 길에서 반 마일쯤 떨어진 곳이었다. 면조지(免租地) 밖의 마차 안에서 잠을 잤단다 — 잭 스트로와 피터 오켈로가 날 데리고 들어갔지. 이곳을 감독하는 일자리를 주었어. 지금은 이렇게 굉장해졌지만 — 잭 스트로가 죽으니까 — 마치 주인 잃은 개가 끼니를 거르듯이 피터 오켈로도 밥을 안 먹더니 죽어 버리더라.

브 리 크　맙소사!

할아버지　내 말은 난 그런 것을 이해한단 말이다.

브 리 크　(맹렬하게) 스키퍼는 죽었어요. 하지만 전 밥을 잘 먹어요!

할아버지 그래, 하지만 술을 마시기 시작했지.

브리크는 지팡이를 짚고 휙 돌아서서 방 건너편으로 잔
을 내던지며 소리 지른다.

브리크 아버지도 그렇게 생각하세요?

할아버지 쉿! (베란다에 사람들이 뛰어오는 발소리, 여자들의 목소
리, 할아버지가 문으로 간다) 저리들 가 있어! 술잔
을 하나 깼을 뿐이다…….

브리크는 마치 조용하던 산이 갑자기 화산이 되어 터지
듯이 폭발한다.

브리크 아버지까지도 그렇게 생각하세요? 그렇게 생각
하시느냐구요? 저와 스키퍼가 그 따위 — 그
따위 — 동성연애를 했다고 생각하세요?

할아버지 잠깐 —.

브리크 아버진 그렇게밖에 —.

할아버지 아니 — 잠깐 —.

브리크 스키퍼와 제가 그런 더러운 짓을 했다고 아버지
는 —.

할아버지 왜 그렇게 소릴 지르니? 왜 그렇게 —.

브리크 생각하세요? 스키퍼를 그렇게 보세요?

할아버지 흥분해서 야단이냐? 난 아무런 생각도 안해. 아
무것도 모르니까. 난 그저 사람들이 그러니까
ー.

브 리 크 우리 둘이 그 더러운 늙은이들같이 보이세요?

할아버지 그건 말야 ー.

브 리 크 스트로와 오켈로, 또 한 쌍의 그 늙은 ー.

할아버지 그건 다만 ー.

브 리 크 변태 자매들처럼 보시느냐구요? 우리를 그렇게
ー.

할아버지 쉿.

브 리 크 ー 보시느냔 말예요?

그는 몸의 균형을 잃고 다리가 아픈 것도 잊어버리고
무릎을 꿇고 넘어진다. 그는 침대를 붙들고 일어나려고
한다.

할아버지 저런! 후유 ー 내 손을 잡아라.

브 리 크 싫어요. 난 아버지 손 필요없어요.

할아버지 자, 내가 네 손이 필요하다구. 일어나! (그는 브리
크를 잡아 일으킨다. 걱정과 애정에 가득 차서 그를 안은
손을 풀지 못하고 있다) 땀이 흠뻑 났구나. 경주라
도 하고 온 사람처럼 숨이 찬 모양이군 ー.

브 리 크 (아버지 품에서 빠져나오며) 아버지, 전 놀랐어요.

아버진, 아버진 — 저에게 쇼크를 주었단 말예요! 그런 말을 — (아버지를 외면하며) 아무렇게나 하시니까요, 사람들이 그런 일에 대해서 어떻게 생각하는지 아세요? 얼마나 그런 일을 증오하는지를 말이에요? 학교 다닐 때 스키퍼와 제가 든 한 그룹의 어떤 아이가 이상한 짓을 했다가 아니, 하려고 했다가 들킨 적이 있어요. 우리는 우리 그룹에서 그 애를 내쫓았을 뿐만 아니라 학교에서 나가라고 했어요. 그 애는 정말 나가 버렸어요. 어디론지 멀리 가 버렸죠.

할아버지 — 어디로?

브 리 크 북 아프리카로 갔다더군요.

할아버지 뭐, 난 그보다 더 먼 데서 돌아왔다. 달 저쪽, 죽음의 나라에서 돌아왔단 말이다. 이놈아, 난 무슨 일에나 그리 쉽게 놀라지는 않는다. (그는 무대 앞쪽으로 나와 앞쪽을 향한다) 언제나 어쨌든 너무 넓은 공간 속에서 살아왔기 때문에 다른 사람의 생각에 물들어 본 적이 없다. 넓디넓은 이 땅에 목화보다 더 중요한 것을 심을 수 있다면 그것은 오직 한 가지, 관용뿐이다 — 그리고 난 그것을 심었다. (브리크 쪽으로 돌아선다)

브 리 크 두 남자 사이의 정말 진실하고 깊은 우정을 깨끗하고 고상한 것이라고 생각할 순 없나요? 그 따위로 생각하지 말고요.

할아버지 그럴 수 있지.

브 리 크 동성연애로 보지 말고요.

이 말을 할 때, 우리는 그에게 일찍이 승리의 월계관을 씌워 주었던, 그 세계에서 그가 얻은 보다 넓고 깊은 영역을 파악할 수 있다.

할아버지 내가 쿠퍼와 메이한테도 말했는데 ━.

브 리 크 그 내외가 하는 말을 곧이들으세요. 그 더러운 거짓말쟁이들을 믿으시라니까요! 스키퍼와 저는 깨끗하고 진실한 사이였어요. 우리는 끝내 순수한 우정을 지켰단 말예요. 그런데 매기가 그 따위 생각을 꾸며냈죠. 보통이었느냐고요? 절대로 ━ 그것은 흔히 있을 수 있는 것이 아니에요. 어떤 두 사람 사이의 진실한 우정이 흔히 있을 수는 없어요. 가끔 그 애가 제 어깨에 손을 얹는다든지, 제가 그 애 어깨에 손을 얹곤 했죠. 우리가 직업 축구단으로 지방 출장을 가서 한 방을 쓸 때도 우리는 잘 자라고 악수를 했을 뿐예요. 아, 한두 번 우리는 ━.

할아버지 애, 아무도 그런 걸 변태라고 생각하지는 않는다.

브 리 크 그러니까 사람들이 틀렸죠. 정말로 깨끗하고 진
실한, 흔히 볼 수 없는 사이였어요.

그들은 서로 상대방을 한참 동안 뚫어지게 쳐다본다.
긴장이 깨어지고 둘은 지친 듯 고개를 돌린다.

할아버지 정말로 — 말하기가 — 어렵구나.
브 리 크 그럼 그만두면 되죠 — .
할아버지 왜 스키퍼가 타락하게 되었지? 왜 너는 그렇게
되었니?

브리크는 다시 아버지를 돌아다본다. 그는 자기도 모르
게 아버지가 암으로 죽으리라는 것을 얘기하려고 결심
한다. 그것만이 그들의 입장을 동등하게 만들 수 있기
때문이다. 상대방에 대해서 이런 식으로 보답하는 것은
도저히 용서할 수 없는 일이긴 하지만.

브 리 크 (험악하게) 좋아요, 아버지가 알고 싶어하시니까
요. 결국 아버지가 원하신 대로 핵심을 말해야
될 것 같군요. 이젠 입을 다물 수가 없게 되었어
요. 이젠 모든 걸 털어놓고 모조리 얘기해요. (
그는 술장으로 간다) 그래야죠. (그는 얼음통을 열고 은
으로 만든 얼음집게를 들고 서리가 낀 빛을 서서히 감상

한다) 매기 말로는 저와 스키퍼가 나이 먹는 게
무서워서 학교를 나오자 직업 축구단에 들어갔
다고 하는데요…… (그는 절름발이처럼 지팡이를 짚
고 흔들거리며 무대 앞쪽으로 걸어 나온다. 마거릿이 말
을 읊는 것처럼 할 때와 마찬가지로, 그도 집안 한쪽을 집
중적으로 응시함으로써 듣는 사람의 주의를 그쪽으로 끌
어간다 — 깨어진 '비극적으로 우아한' 그는 '그 사실'에
대해 그가 아는 모든 것을 말한다) — 우리는 시간만
이 가로챌 수 있는 — 그 길고 긴 — 높디높은
— 패스를 계속하려고 했다는 거죠. 우리를 유
명하게 만든 공중 공격 말예요. 우린 정말 그랬
죠. 우리는 계속해서 그 공중 공격을 했죠. 높이
던졌어요! — 그렇죠. 한데 — 그해 여름 매기가
저에게 선언을 했어요. 지금 결혼하지 않으면
집어치우겠다는 거였죠. 그래서 결혼했죠…….

할아버지 그래 그 애는 잠자리에선 어떻더냐?

브 리 크 (쓰게) 훌륭하죠! 아주 최고예요! (할아버지는 자기
생각도 그렇다는 듯 끄덕인다) 그해 가을 매기는 딕
시 스타즈 팀과 함께 순회를 했어요. 정말 이 세
상에서 제일가는 운동 애호가인 듯 쇼를 했지
요. 뭐 — 높은 곰 가죽 캡을 쓰고요. 쉐코라고
부르는, 물들인 두더지 가죽 코트를 입고요. 빨
갛게 물들인 두더지 가죽 코트를요 — 그러고는

미친 듯이 날뛰었죠. 우승 축하를 한다고 무도
장을 예약해 놓고요 — 한데 우리가 졌을 땐 취
소를 할 수 없었단 말예요. 그 고양이 매기가요.
하, 하! (할아버지는 끄덕인다) 그런데 스키퍼는 의
사도 잘 모를 이상한 열에 들떠 있었고, 저는 다
쳤었거든요. 단지 엑스레이 철판 그림자 때문에
잘못 진단한 것이었지만요. 약간 활액낭염(滑液
囊炎) 기운도 있었고…… 저는 병원 침대에 누워
서 텔레비전으로 그 시합을 보고 있었죠. 한데
스키퍼가 비틀거리고 자꾸만 실수를 하다가 퇴
장을 하니까 매기가 그 옆의 벤치에 나란히 앉
는 것이었어요. 그의 팔에 매달려 있는 꼴이 어
찌나 다정하던지 전 속에서 불이 났죠 — 매기
는 언제나 저한테 일종의 무시를 당하고 있다고
생각해 왔거든요. 그건 마치 고양이가 울타리
밑에서 붙었다 떨어지는 듯한 잠자리에 드는 것
이외에는 별로 깊은 애정이 없었기 때문이었죠.
그래서 이때를 놓칠세라 매기는 그 우둔한 스키
퍼에게 달라붙었어요. 스키퍼는 학교 다닐 때도
보통 이상이었지 않아요? 그런 스키퍼한테 우
리 둘 사이는 이 방에서 살았던 늙은 두 자매,
또 잭 스트로와 피터 오켈로 같은 이상한 사이
라는 더러운 거짓말을 불어넣어 주었대요. 그

가없은 스키퍼는 그렇지 않다는 걸 증명하기 위
해서 매기와 같이 잤대요. 그런데 그게 말을 잘
안 들어서 실패로 돌아가자, 정말로 자기가 변
태인 줄 알았다는 거예요. 그는 마치 썩은 나무
처럼 둘로 쪼개져 버렸죠. 누구보다도 빨리 파
멸로 굴러 떨어졌어요 — 그렇게 빨리 죽어 버
렸단 말예요…… 자, 이젠 만족하셨어요?

할아버지는 이 얘기를 들으면서 골자와 껍데기를 가리
고 있었다. 이제 아들을 쳐다본다.

할아버지 너도 만족했니?

브 리 크 뭘 만족해요?

할아버지 반은 엉터리인 그 얘기에 말이다.

브 리 크 뭐가 엉터리란 말씀예요?

할아버지 뭔가 빼놓은 게 있다. 무얼 빼놨지?

마루에서 전화가 울리기 시작한다. 그 소리에 갑자기
무슨 생각이 나는 듯, 그는 소리 나는 쪽을 바라보더니
말한다.

브 리 크 그래요! 빼놓은 게 있어요. 스키퍼가 장거리 전
화를 걸었더군요. 그는 술에 취해 전화에 대고

고백을 하더군요. 전 전화를 끊어 버렸어요. 그
게 우리가 마지막으로 한 얘기가 되었죠⋯⋯.

마루에서 누가 부드럽고 확실치 않은 목소리로 전화 받
는 소리.

할아버지 전화를 끊었어?

브 리 크 끊어 버렸죠. 맙소사!

할아버지 어쨌든 말이다, 우린 네가 증오심을 품고 있는
그 '허위'가 무언지 알았다. 그 증오심을 없애기
위해 네가 술을 마신다는 것도 말이다. 하지만
넌 딴 데다 핑계를 대고 있어. 그 허위에 대한
증오라는 것은 바로 네 자신에 대한 증오야. 넌
말야! 친구의 무덤을 파놓고 그 애를 그 속으로
차 넣었어. 그와 맞대서 진실을 알아보지도 않
고 말이다.

브 리 크 저하곤 관계없는 일예요!

할아버지 그렇다고 하자. 어쨌든 넌 진실을 알아보지도
않았지!

브 리 크 누가 진실을 알려고 하지요? 아버진 어떤 사실
을 있는 그대로 대하실 수 있어요?

할아버지 이제 또 더럽게 남에게 책임을 돌리지 말란 말
야!

브 리 크 그럼 이 굉장한 생신 잔치는 어때요. 만수무강을 비는 이 생신은요. 아버지 빼놓고 모두들 며칠 남지 않은 걸 다 알고 있으면서도요! (마루에서 전화를 받는 이가 누군지는 모르나, 높고 째지는 듯한 웃음을 웃는다. 말하는 소리 들려 온다. "아냐, 아냐, 잘못 아셨군요. 정반대예요. 미쳤수?" 브리크는 그가 굉장한 비밀을 깨우친 것을 의식하자 갑자기 움찔한다. 몇 발자국 걷다가 얼어붙는다. 쇼크를 받은 아버지의 얼굴을 보지 않고 말한다) 저 ─ 이제 같이 나가요. 그리구 ─ .

할아버지는 갑자기 앞으로 와서 브리크의 지팡이를 잡는다. 마치 그것이 서로 뺏으려는 무기나 되는 것 같다.

할아버지 아, 싫다, 싫어. 아무도 나가면 안 돼. 무슨 얘길 시작하려구 했지?

브 리 크 생각이 안 나는데요.

할아버지 '며칠 안 남은 줄 알면서 만수무강을 빈다'구?

브 리 크 아니, 아무것도 아녜요. 잊으세요. 베란다에 나가서 아버지 생신 축하로 터뜨리는 불꽃놀이를 구경해요…….

할아버지 먼저 네가 하다 만 얘기를 다 끝내라. '며칠 안

남은 줄 알면서도 만수무강을 빈다'구? — 네가
그렇게 얘기했지?

브리크 이것 보세요, 전 그 지팡이 없이도 나갈 수 있어
요, 아버지. 하지만 제가 타잔처럼 가구와 그릇
들에 매달리면 손해가 많을 텐데요.

할아버지 끝내! 하던 말을 마저 하란 말야! (그의 뒤에서 요
기 띤 초록색 불빛이 퍼진다)

브리크 (잔 속의 얼음을 빨며 말을 웅얼웅얼한다) 이곳을 형
내외와 그들과 똑같은 작은 다섯 마리 원숭이에
게 물려주시라고요. 제가 원하는 건 다만 — .

할아버지 '이곳을 물려주라'고 했니?

브리크 (멍하니) 나일 골짜기 이쪽에서 제일 기름진 2만
8천 에이커의 땅 말예요.

할아버지 누가 쿠퍼나 혹은 어떤 놈한테 내가 '이곳을 물
려준다'고 말하더냐? 오늘이 내 예순다섯번째
생일날이다! 아직도 15년 내지 20년은 문제없
다. 너보다도 오래 살 거야. 내가 네 관까지 사
서 장사를 치러 줘야 할 거다!

브리크 그럼요. 만수무강하세요. 자, 이제 불꽃놀이 구
경이나 가요. 자 — .

할아버지 거짓말이구나. 그놈들이 거짓말을 했지? 병원
에서 가져온 그 — 진단서 말야. 뭔가 심상치 않
은 게 있었지? — 암이냐, 혹시?

브 리 크   우리는 허위의 조직 속에 살고 있어요. 그걸 피
하는 길은 술 아니면 죽음이죠…….

그는 할아버지가 지팡이를 헐겁게 잡고 있는 틈에 빼앗
아 가지고 베란다로 달아나며 문을 활짝 열어 놓는다.
'목화 가마니를 들어라' 하는 노래가 들려 온다.

메   이   (문에 나타나서) 아버님, 일꾼들이 축하의 노래를
부르고 있어요!

할아버지   (사납게 소리 지르며) 브리크! 브리크

메   이   저 밖에서 술 마시고 있어요.

할아버지   브리크!

그의 목소리에 질려서 메이는 물러간다. 아이들이 할아
버지를 흉내내며 조롱하는 어조로 브리크를 부른다. 금
이 간 노란 벽토가 허물어지려고 할 때처럼 할아버지의
얼굴은 일그러졌다. 하늘에 꽃불이 터진다. 브리크는
천천히 엄숙하게 아주 침착하게 문을 통해 들어온다.

브 리 크   죄송합니다. 제 머리는 통 말을 안 듣는군요. 그
래서 누가 살든지 죽든지 혹은 죽어가고 있는지
통 모르겠다니까요. 제가 아는 것은 오직 술병
에 아직 술이 남아 있느냐 없느냐 하는 것뿐이
에요. 제가 한 얘기는 아무 생각 없이 지껄인 거

예요. 어떤 면으로 보면 전 다른 사람보다 나은 점이 하나도 없어요. 아니 어떤 면에선 더 나쁘죠. 전 아주 활동력이 없으니까요. 사람들이 거짓말을 하게 되는 건 너무 원기왕성해서 그런가 봐요. 한데 전 거의 죽은 사람이나 같기 때문에 우연히 진실을 말하게 되는 모양이에요 ─ 전 잘 모르겠어요 ─ 하지만 어쨌든 ─ 우린 아주 가까워졌어요 ─ 가까워진다는 건 피차에 숨김 없는 진실을 말하는 것이죠…… (잠깐 사이) 아버지도 저에게 털어놓으셨고 저도 아버지께 털어놓았어요!

한 애가 방으로 뛰어들어와서 불꽃약을 한 주먹 쥐고 다시 밖으로 뛰어나간다.

아　이　(소리를 지르며) 빵-빵, 빵-빵-빵-빵-빵!

할아버지　(천천히 그러나 격렬하게) 빌어먹을, 거짓말쟁이 개새끼들 같으니라구! (결국 그는 마음을 가다듬고 문으로 간다. 문에서 그는 차마 말로는 물어 볼 수 없는 어떤 절실한 질문이 있는 듯이 돌아서서 바라본다. 그러고는 깊게 생각하는 듯이 고개를 끄덕인다. 거친 목소리로 말한다) 그래, 모두 거짓말쟁이다. 모두 다 죽일 놈의 거짓말쟁이들이야! (이 말은 천천히, 그러나 꽝

장히 반동적으로 말한다. 계속해서 밖으로 발을 옮긴다)

— 거짓말! 죽일놈! 거짓말쟁이들! (그의 목소리는 차차 사라진다. 어떤 아이가 얻어맞는 소리가 들린다. 무섭게 울부짖으며 맞은 아이가 방을 통해 마루로 뛰어나간다. 조명이 흐려지며 막이 내리는 동안 브리크는 움직이지 않고 그대로 서 있다)

— 막 —

제 3 막

할아버지가 2막 끝에서와 마찬가지로 방을 나가는 것
이 보인다.

할아버지 (전면 오른쪽 베란다로 나가며 소리 지른다) 모두 거짓
말쟁이다! 죽일놈들! 거짓말쟁이들! 거짓말쟁이
들!

할아버지가 나가자 마거릿이 베란다 전면 오른쪽으로
부터 무대 전면 문을 통해서 들어온다. 왼쪽 중앙에 있
는 브리크에게로 간다.

마 거 릿 여보, 도대체 이 방 안에서 무슨 얘기들을 했어
요?
딕시와 트릭시가 마루에서 뛰어들어와 방을 통해서 오
른쪽 베란다로 나가면서 장난감 피스톨을 계속적으로
쏘며 '빵빵' 하고 소리 지른다. 메이가 전면 오른쪽 베

란다 문에서 나타난다. 아이들을 베란다를 따라 후면
왼쪽으로 내쫓는다. 그때 쿠퍼, 투커 목사, 보오 의사
가 왼쪽 마루에서 들어온다.

메　이 딕시! 그만둬! 여보, 애들 좀 침실로 쫓아요. 어
서요.

쿠퍼와 투커 목사가 위쪽 베란다로 쫓아간다. 보오 의
사는 후면 중앙 마루문 가까이에서 멈춘다. 투커 목사
가 오른쪽 바로 방 밖에 있는 베란다 가까이에 있는 메
이에게 간다.

쿠　퍼 (애들을 몰며) 여보 — 어머니 뵙지 못했어?
메　이 아직 못 뵈었어요.

딕시와 트릭시가 왼편 마루를 통해서 사라진다.

투커목사 (메이에게) 저 애들은 정말 원기왕성하군요. 이제
전 이만 실례해야 될 것 같습니다.

마거릿이 돌아서서 지켜 보며 듣고 있다.

메　이 아직 가지 마세요. 우린 목사님을 한가족으로

생각해요. 제일 가깝고 흉허물없는 분으로 생각
한다구요. 그러니까 의사 선생님이 어머님께 병
원에서 온 진단서를 사실대로 말씀드릴 때까지
좀 계셔 주세요. (문을 통해 부른다) 아버님 주무시
러 가셨어요, 서방님?

쿠퍼는 메이와 투커 목사가 말을 시작할 때 전면 오른
쪽으로 나가 버렸다.

마 거 릿 (메이에게 대답한다) 네, 아버님은 주무시러 가셨
어요. (브리크에게) 왜 아버님이 '거짓말쟁이들'이
라고 소리 지르셨어요?

쿠   퍼 (무대 전면 오른쪽 밖에서) 여보! (메이가 나간다. 투커
목사는 위쪽 베란다에서 서성거린다)

브 리 크 난 아버지께 거짓말하지 않았어. 난 아무한테도
거짓말한 적이 없어. 나 자신한테밖에는. 나 자
신한테만 거짓말을 했거든. 날 레인보우 힐에
처넣을 때가 왔소. 난 거기 가야 될 것 같아.

마 거 릿 죽어도 안 돼요! (브리크가 오른쪽으로 간다. 마 거 릿
은 그를 잡는다) 대체 어디로 갈 참이에요?

메이가 전면 오른쪽 베란다에서 들어온다. 자기를 향해
걸어오는 투커 목사에게 간다.

브 리 크 (중앙으로 내려가며) 바람 좀 쐬러 나가. 숨이 막힐
것 같아서 —.

쿠　퍼 (전면 오른쪽 베란다에서 들어와 메이에게로 가며) 자,
어머니 어디 계시지?

메　이 아직도 못 찾으셨수?

투커 목사는 전면 오른쪽으로 나간다.

쿠　퍼 (마루문 위쪽에 있는 의사에게 가서) 어머니께서 피하
시는 것 같습니다.

메　이 무슨 낌새를 눈치채신 모양이에요.

쿠　퍼 (왼쪽으로 밖을 향해서 부른다) 슈키야! 얼른 가서
할머니 좀 찾아 봐. 의사 선생님하고 목사님께
서 곧 가셔야 한다고 말씀드려.

메　이 아버님이 들으시면 어떡할려구.

보오 의사를 오른쪽 베란다로 데리고 간다.

투커목사 (무대 뒤 전면 오른쪽에서 부른다) 할머니!

슈키와 데이지 (잔디밭을 왼쪽에서 오른쪽으로 뛰어가며 부른다)
할머니, 할머니!(후면 오른쪽으로 나간다)

쿠　퍼 (후면 베란다에 대고 부른다) 레이시, 아래층에 할머
니 계신가 봐라.

마 거 릿 여보, 이제 어머님한테 사실대로 말씀드린대요.
당신이 꼭 필요하실 거예요.

투커 목사가 후면 오른쪽 잔디밭에 나타나서 중앙으로
간다.

보오의사 (오른쪽 베란다에서 메이에게) 이것 참 말씀드리기
괴로운데요.

메   이 괴롭다고 말씀드리지 않을 수는 없지 않아요.

보오의사 참 입장이 난처하단 말씀이에요.

투커목사 (잔디밭에서 오른쪽을 가리키며) 할머니가 저기 계세
요!

왼쪽으로 급히 나갔다가 잠시 후 마루에 나타난다.

쿠   퍼 (마루로 급히 오며) 베란다를 돌아서 아버지 방에
가셨댔군. 어머니! (무대 밖을 향해) 어머니! 이리
오세요!

메   이 (부른다) 여보, 조용히 해요! 큰소리로 부르지 말
고 가서 모셔 와요!

쿠퍼와 투커 목사가 이제 똑같이 마루에 나타난다. 할
머니는 우유 한 잔을 손에 들고 전면 오른쪽에서 뛰어

들어온다. 보오 의사를 지나서 오른쪽 베란다에 있는
메이에게 간다. 보오 의사는 외면한다.

할 머 니 자, 나 여기 왔다. 왜들 불렀니?

쿠   퍼 (할머니에게 다가가며) 어머니, 말씀드려야 할 얘기
가 있다고 하잖았어요.

할 머 니 무슨 얘길? 너의 아버지 방에 불이 켜지길래 우
유 한 잔을 가지고 가지 않았겠니. 그런데 내 코
밑에다 대고 덧문을 쾅 닫아 버리시더라. (오른
쪽 문을 통해 방으로 들어온다) 너의 아버지하고 나
처럼 오랫동안 같이 살면 피차에 신경질이 나게
마련인가보다. 너무 잘해 주니까 의기양양해서
말이야. 안 그러냐?

오른쪽 중앙에 있는 버들의자 아래쪽으로 간다.

마 거 릿 (할머니한테 가서 껴안으며) 그럼요. 어머님 말씀이
맞아요.

브리크는 후면 중앙 마루를 통해 나가려다가 쿠퍼와 투
커 목사가 들어오는 걸 보고 중앙을 지나서 무대 전면
문을 통해 베란다로 나간다.

할머니　아버진 아주 지치신 것 같더라. 식구들을 무척 사랑하시지. 식구들이 옆에 있는 걸 얼마나 좋아하신다구. 그저 너무 신경질을 부려서 그러시지. 오늘 저녁엔 정말 너무하셨다. 브리크야 ─ (브리크 쪽으로 간다. 그는 어머니를 지나쳐서 나간다) 정말 제정신이 아니시더라. 굉장히 흥분하셨어.

투커목사　(무대 후면 중앙에서) 제 생각엔 그분 정말 훌륭하셨어요.

할머니　그렇구말구, 훌륭하셨지. (무대 후면으로 향한다. 돌아서서 술장으로 간다. 우유잔을 내려놓는다) 저녁 잡수시는 걸 봤어요? (조금 오른쪽으로 간다) 말같이 잡수시더군!

쿠퍼　나중에 탈이 없으셔야 할 텐데.

할머니　(쿠퍼를 향해서 무대 후면으로 향하며) 정말이지 이 커다란 옥수수빵에 조청을 발라서 잡수셨다! 또 두 번이나 호핑 존을 드시더구나.

마거릿　(할머니한테 가서) 정말 아버님은 그걸 좋아하세요. 오늘 저녁상은 정말 진수성찬이었죠.

할머니　맞았다. 정말 그걸 좋아하셔. 설탕 바른 감자도 좋아하신다. 브리크야 ─ (전면 문으로 가서 브리크를 내다본다. 마거릿은 할머니를 따라가서 왼쪽에 서 있다) 들 일꾼들만큼이나 음식을 치우셨단다.

쿠퍼　나중에 그만큼 혼나시지나 마셨으면 좋겠어요.

할 머 니 (무대 후면을 향해서) 그게 무슨 소리냐?

메 이 오늘 밤 아버님이 소화를 잘 시키실지 모르겠단 말씀이에요.

할 머 니 (전면 중앙에 있는 마거릿을 향한다) 원 별나게, 쿠퍼가 하는 말 좀 들어 봐라. 정상적인 식욕을 가지신 아버지가 왜 소화를 못 시키시겠니? 아버진 신경질 외엔 아무 이상이 없다. 끄떡없단 말이다. 그런 줄 아시니까 저녁을 그렇게 달게 잡수셨지. 큰 짐을 벗으셨거든. 아직 죽을 운명이 아니라는 걸 아셨으니까 ― 여태껏 ― 죽는 줄만 알고 계셨단 말이다. (몸이 흔들흔들한다. 마거릿이 두 팔로 할머니를 껴안는다)

쿠 퍼 (메이에게 말을 하라고 재촉하며) 여보!

메이는 버들의자 아래로 뛰어나온다. 할머니가 아래쪽에 선다. 마거릿은 할머니 위쪽에 선다. 둘이 할머니를 부축하여 버들의자에 앉힌다. 할머니가 앉는다. 마거릿은 할머니 위쪽에 앉고 메이는 할머니 뒤에 선다.

마 거 릿 천만다행이에요.

할 머 니 그럼 ― 천만다행이지.

브 리 크 (전면 무대 베란다에서 앞을 바라보며) 달님, 안녕하신가. 자네가 부러우이. 염병하게 시원하단 말이야.

할 머 니 브리크 좀 불러라.

마 거 릿 바람 쐬러 잠깐 나갔어요.

할 머 니 애, 불러 오너라.

메   이 말을 시작하게 어서 모셔 와요.

마거릿이 일어나서 무대 전면 문을 통해 베란다에 있는
브리크에게로 간다.

브 리 크 (달에게) 네가 부러워 ― 염병하게도 시원해 보이
거든.

마 거 릿 여보, 이 베란다에서 뭘 하고 계세요?

브 리 크 저 달나라에 있는 놈한테 문안드리고 있어.

메이는 오른쪽 베란다에 있는 보오 의사에게로 간다.
투커 목사와 쿠퍼는 할머니를 쳐다보며 후면 중앙을 향
해 오른쪽으로 움직인다.

마 거 릿 (브리크에게) 들어와요. 이제 어머님께 사실대로
말할 준비를 다 갖추었대요.

브 리 크 난 그런 걸 볼 수 없어.

메   이 의사 선생님, 비타민 12 주사가 상당히 평판이
좋은 것 같은데요?

후면 쪽에서 방으로 들어와 버들의자 뒤에 선다.

보오의사 (버들의자 아래로 가며) 글쎄요, 뭐 다른 거나 마찬
가지라고 생각합니다. (손목 시계를 본다. 왼쪽 중앙
으로 간다)

마 거 릿 (브리크에게) 어머니가 찾으시는 걸요.

브 리 크 난 그런 거 볼 수 없다니까!

할 머 니 대체 무슨 일이냐? 모두들 심각한 얼굴들을 하
고 있으니, 폭탄이라도 터질 때를 기다리고들
있느냐?

쿠   퍼 브리크 내외가 들어오면 얘기를 시작하려고 그
래요.

마 거 릿 (브리크 위 오른쪽으로 가며) 형님 내외는 자기들 계
획을 다 짜 놨단 말예요. 그러니 당신이 들어가
서 어머님 편을 들어야 된다니까 ― 당신이 안
들어가면 나도 방법이 있어요.

할 머 니 크게들 말해라. 왜들 소곤소곤하니? (전면 오른쪽
을 내다보며) 브리크야!

마 거 릿 (할머니에게 대답하며) 가요, 어머님! (브리크에게) 그
놈의 술병들을 몰아다가 저 강물 속에 처박아
넣을 테예요!

할 머 니 이런 분위기는 생전 처음이구나.

메   이 (할머니 위쪽 버들의자에 앉으며) 생전이라뇨?

할 머 니 여태껏 없었단 말이다. 브리크 내외는 저 밖에
서 무엇들을 하고 있니?

쿠　　퍼 (전면 중앙으로 가며 내다본다) 무슨 말다툼을 하는
모양이에요.

브리크가 전면 층계로 간다. 마거릿은 그를 따라 오른
쪽으로 움직여서 전면 오른쪽 문으로 간다. 투커 목사
는 왼쪽 중앙에 있는 보오 의사에게 간다.

브 리 크 (마거릿에게) 당신은 살아 있는 쾡이야, 그렇지?

마 거 릿 아주 잘 맞히셨어요!

할 머 니 쿠퍼야, 저 마루문 좀 열어라 ── 방안이 답답하
다. 환기 좀 시켜야겠다.

쿠퍼는 후면으로 가려다가 중앙을 통해서 물 한 잔을
들고 오던 메이에게 저지당한다. 전면 왼쪽 중앙에 있
는 남자들에게 간다.

메　　이 (물을 가지고 할머니에게 가서 그 위쪽에 앉는다) 어머
님, 우리 얘기가 끝날 때까지 저 문을 닫아 놔
야 될 것 같아요.

할 머 니 뭐라고? (물을 마신다. 알약을 삼킨다)

메　　이 아버님이 우리 얘기를 한 마디라도 들으시면 안

되니까요.

할 머 니 (메이에게 물컵을 주며) 무슨 얘기길래? 메이야! 브리크야! 이 집안에서 아버지 몰래 할 얘기는 하나도 없다.

메이는 일어나서 술장으로 간다. 물컵을 놓고 남자들이 있는 데로 간다.

브 리 크 언제까지 내 뒤에 버티고 있을 작정이야?

마 거 릿 필요하면 죽을 때까지.

브리크는 무대 후면 오른쪽 베란다 쪽으로 간다.

할 머 니 브리크야!

메이는 일어나서 무대 후면을 내다보고 다시 앉는다.

쿠   퍼 저 앤 아주 버렸어 — 아주 망쳤다니까요.

보오의사 아시겠지만 내가 젊었을 땐 중독자를 고치는 데 특별한 약을 썼어요.

할 머 니 젠장할!

보오의사 한데 요새는 무슨 알약을 쓰는데 술맛을 잃게 한답니다.

쿠 퍼 (보오 의사를 향해서) 금주정이라고 부릅니다.

할머니 브리크는 그런 걸 먹을 필요 없다. 그 앤 스키퍼가 죽어서 그렇게 된 거야. 스키퍼가 얼마나 불쌍하게 죽었는지 다 알지. 집에서 소듐 진통제 주사를 잔뜩 놓아 가지고 앰뷸런스를 불러서 병원에 갔는데 병원에서 또 진통제 주사를 놓았대. 몇 달 동안이나 술에 곯은 몸에 너무 약이 독했지. 심장이 견딜 수 없으니까 멎어 버렸어. 난 주사 바늘만 봐도 무서워! 칼보다 그 바늘이 더 무섭다니까 — (브리크는 그 동안 방으로 들어와서 버들의자 뒤에 서 있다. 그는 한 손을 할머니 머리 위에 올려놓는다. 쿠퍼는 조금 후에 오른쪽 중앙으로 가 있다. 어머니를 향하고 있다)

할머니 아, 브리크가 왔구나! 귀여운 놈이지!

보오 의사는 술장으로 가서 잔을 내려놓는다. 브리크가 할머니 앞으로 중앙을 지나서 술장으로 간다.

브리크 가지세요, 형님이!

메 이 (일어나며) 뭘요?

브리크 형님이 잘 아실 겁니다. 형님이 가지시라니까요!

메이는 후면 오른쪽 중앙에 있는 쿠퍼 쪽을 본다. 보오

의사는 투커 목사에게로 간다. 브리크가 방에 들어오기 전에 무대 후면 오른쪽 베란다에서 브리크를 따라 오던 마거릿은 지금 방으로 들어와서 버들의자 뒤에 선다.

할머니 (브리크에게) 너만 보면 속이 상한다.

브리크 (술장에서) 죄송합니다 ― 술 마실 분 없나요?

마거릿 여보, 어머님 옆에 앉아서 그 말씀 드릴 동안 손이라도 붙잡아 드려요.

브리크 당신이 하구려. 난 불안한 절름발이야. 지팡이를 짚고 있어야 하거든.

메이는 할머니 위쪽에 앉고, 쿠퍼는 할머니 아래쪽으로 와서 얼굴을 마주대고 카우취에 앉는다. 투커 목사는 오른쪽 중앙으로 가까이 온다. 보오 의사는 전면 중앙으로 와서 무대 후면을 향해 서서 시거를 피운다. 마거릿은 돌아서서 오른쪽 문으로 간다.

할머니 왜들 이렇게 날 에워싸지? ― 왜 모두 그렇게 나를 쳐다보고 서로 눈짓들을 하니? (브리크는 마루문으로 나가서 오른쪽 베란다로 간다) 내 손을 붙잡아 줄 필요가 어디 있니. 모두들 미쳤니? 언제부터 나나 아버지가 누구의 부축을 받고 살았느냐구? ―

투커 목사가 버들의자 뒤로 간다.

메　이　진정하세요, 어머님.

할 머 니　너나 진정해라. 내 얼굴에 핏방울이라도 묻은 것처럼 모두들 내 얼굴을 쳐다보고 있는데 어떻게 진정하겠니? 도대체 무슨 일이냐, 응? 무어냐 말이다.

쿠　퍼　보오 선생님 ― (메이 일어난다) 당신은 앉아 있어요 ― (메이 앉는다) 오늘 병원에서 받은 진단서에 대해서 숨김 없는 사실을 말씀해 드리세요.

보오 의사는 코트의 단추를 빼고 오른쪽 중앙에서 여러 사람을 마주본다.

할 머 니　아니, 무슨 ― 내가 모르는 것이라도 있나요?

보오의사　네 ― 저…….

할 머 니　(일어난다) 그럼 ― 알아야만 ― 되겠수. (보오 의사에게 간다.) 누군가 거짓말을 했군. 난 알아야겠어. (메이, 쿠퍼, 투커 목사 모두 할머니를 에워싼다)

메　이　어머님, 앉으세요. 이 소파에 앉으세요!

브리크는 마거릿을 지나서 전면 오른쪽 베란다에 나가 있다.

마 거 릿 여보! 여보!

할 머 니 뭐냐구? 뭐냔 말야?

할머니는 보오 의사를 전면 왼쪽 중앙으로 약간 몰고 나온다. 할머니를 에워싼 다른 사람들도 따라나온다.

보오의사 저는 그 병원에 오래 있었지만 이 댁 어른만큼 그렇게 완전한 진찰을 받은 사람은 보지 못했습니다.

쿠 퍼 이 지방에서 제일 훌륭한 진찰을 받으셨죠.

메 이 물론 제일가는 것이었구말구요.

보오의사 물론 진찰을 시작하기 전부터 99퍼센트, 10분의 9는 확실했었지만 말씀입니다.

할 머 니 뭐가 확실해. 무엇이 확실했었냐구, 무엇이?

메 이 아유, 어머님, 용기를 내세요!

브 리 크 (전면 오른쪽 베란다에서 귀를 막고 노래 부른다) 은빛 같은 달빛, 환한 밤중에, 환한 밤중에.

쿠 퍼 (전면 오른쪽으로 가서 밖의 브리크에게 소리 지른다) 닥쳐, 브리크!

브 리 크 미안해요……. (계속해서 노래 부른다)

보오의사 그런데요, 할머니, 의사들이 그것이 자란 걸 조금 잘라냈어요. 세포 조직의 표본으로요. 한데─.

할머니   자랐다고? 당신은 우리 영감한테는 ─ .

보오의사   저, 잠깐만 ─ .

할머니   당신이 우리 내외더러 아무 병도 없다고 하지 않았소.

메   이   어머님, 의사들은 으레 ─ .

쿠   퍼   의사 선생님 말을 가로채지 말아요.

할머니   ─ 그저 발작증 정도라더니 ─ .

투커목사   (이 얘기 하는 동안 계속해서) 쉬! 쉬! 쉿!

할머니가 후면 중앙으로 가자 모두 따라간다.

보오의사   네, 할아버지께는 그렇게 말씀드렸습니다. 한데 이 세포 조직을 가지고 실험실에서 검사한 결과 유감스럽게도 그것이라는 게 판명되었어요. 아주 악화되었더군요. (사이)

할머니   암이라고! 암이라니!

메   이   자, 이제 어머님 ─ .

쿠   퍼   (동시에) 어머니는 알고 계셔야죠.

할머니   그럼 왜 다 떼어내지 못하니? 응? 응?

보오의사   너무 퍼져서요. 너무 여러 기관에 퍼져 버렸어요.

메   이   어머님, 간에도 퍼졌고 신장에도 퍼졌대요. 시기가 너무 지나서, 저 뭐라더라 ─ .

160

쿠　퍼　외과적 수술을 해볼 수도 없다나봐요. (할머니는 숨을 몰아쉰다)

투커목사　쯧, 쯧, 쯧.

보오의사　네, 칼을 댈 수가 없다는군요.

메　이　그래서 아버님 얼굴이 그렇게 노래지시는 거래요!

브리크는 노래를 그치고 후면 오른쪽 베란다로 간다.

할머니　(메이를 무대 후면으로 떼밀며) 저리 비켜! 저리 가 있으란 말이다. 애야! (전면 오른쪽으로 오며) 난 브리크가 필요해! 어디 갔니? 내 하나밖에 없는 아들 어디 갔지?

메　이　(할머니한테서 한 발자국 떨어져서) 어머님! 하나밖에 없다니요.

쿠　퍼　(할머니를 따라가며) 제 꼴이 뭐가 되죠?

메　이　(쿠퍼보다 더 큰소리로) 근실하고 책임감 있는 아들을 두고 그게 무슨 말씀이세요? 훌륭한 손주가 다섯씩이나 있구요 — 아니, 여섯이죠.

할머니　난 브리크밖에 없어. 브리크! 브리크야!

마거릿　(할머니에게 한걸음 다가서며) 어머님, 제 말씀 좀 들어 보세요.

할머니　(옆으로 떼밀며) 싫다, 다 싫어. 저리 비켜. 넌 내

핏줄이 아니야! (할머니는 무대 전면 베란다로 뛰어나 간다)

쿠 퍼   (베란다에 있는 할머니에게 가며) 어머니! 저도 어머 니 아들이에요! 제 얘기 좀 들어 보세요!

메 이   어머님, 아범은 이 댁 맏아들이에요!

할 머 니   쿠퍼는 아버지를 싫어했단 말이다!

메 이   그렇지 않아요!

투커목사   전 여기서 실례해야겠습니다. 안녕히 계십시 오. 모두 안녕히 계세요. 이 댁에 주님의 은총 이 충만하기를 빌겠습니다. (마루로 나간다)

보오의사   (전면 문 뒤 전면 오른쪽으로 가며) 자, 할머니 ─.

할 머 니   (아래 베란다에서 쿠퍼에게 기대며) 그건 다 잘못 진 단한 거야. 그저 악몽일 거야.

보오의사   될 수 있는 한 노인장을 편하게 해드리려고 합 니다.

할 머 니   그렇지, 그저 악몽일 뿐이야. 정말이야. 한낱 무서운 악몽에 지나지 않아.

쿠 퍼   제 의견으로는 아버지가 통증을 느끼실 거예요. 한데 그런 얘길 안 하시는 거죠.

할 머 니   그저 꿈이라니까. 고약한 꿈이지.

보오의사   으레 환자들은 그런답니다. 아픈 걸 나타내지 않으면 아프다는 그 사실을 회피할 수 있다고 말예요.

브리크는 무대 후면 오른쪽 베란다로 간다. 마거릿은
오른쪽 문에서 브리크를 지켜 본다.

쿠　퍼　그래요, 환자들은 교활해지거든요. 정말 내숭
을 떨게 된다니까요.

메　이　(보오 의사의 오른쪽으로 가며) 우리 내외는요, 이렇
게 생각해요 — .

쿠　퍼　입 좀 다물어, 당신은 — 어머니, 아버진 정말
아편을 쓰셔야 할 텐데요.

할 머 니　(쿠퍼한테서 물러나며) 아무도 아버지께 아편을 드
려선 안 되지!

보오의사　할머니, 통증이 생기면 참을 수 없을 정도일 겁
니다. 아편 주사를 맞으실 필요가 생길 거예요.

할 머 니　(보오 의사한테 간다) 아무도 아버지께 아편 주사를
놓을 수 없다니까!

메　이　어머님, 아버님이 괴로워하시는 걸 어떻게 보시
려구요 — .

보오의사　(술장으로 간다) 자, 이걸 여기 놓고 가겠습니다.
(모르핀 등등을 술장 위에 놓는다) 갑자기 진통이 오
더라도 사러 보내실 필요가 없으시게요. (할머니
가 빨리 술장 왼쪽으로 간다)

메　이　(중앙에 있는 보오 의사 아래로 간다) 전 피하 주사를
놓을 줄 알아요.

할머니 아무도 그걸 아버지께 드려선 안 된다!

쿠　퍼 (중앙으로 가서) 이 사람은 전쟁 때 간호원 훈련을 받았어요.

마거릿 어쨌든 아버님은 형님더러 피하 주사를 놔 달라고는 안 하실걸요.

메　이 (마거릿에게) 그럼 동서더러 놔 달래실 것 같아?

보오의사 저 ─.

쿠　퍼 선생님이 가신대요 ─.

보오의사 이제 가봐야겠습니다. 할머니, 마음을 단단히 잡수세요. (마루로 나간다)

쿠　퍼 (메이와 함께 보오 의사를 따라 마루로 나오며) 어머닌 마음을 단단히 잡숫고 계실 겁니다. 안 그래요, 어머니? (왼쪽으로 나간다) 정말 우릴 위해서 해주신 일에 뭐라고 감사해야 할지요. 정말로 우린 ─.

할머니 마거릿! (오른쪽 중앙으로 간다)

마거릿 (버들의자 앞에서 할머니와 만난다) 저 바로 여기 있어요.

할머니 애야, 이제 네가 이 늙은이들을 도와서 브리크를 바로잡아야 한다 ─.

쿠　퍼 (메이와 같이 돌아오며 무대 뒤 왼쪽에서) 의사가 마음 속에 여러 가지 할 얘기가 많았던 것 같지만 좀 더 인간적으로 말했어도 손해는 없었을 텐데

할 머 니 만일 그 애가 정신을 차려서 이 고장을 맡지 못
한다면 너의 아버지가 얼마나 가슴 아파하시겠
니.

브리크는 전면 오른쪽 베란다로 간다.

메 이 (후면 중앙에서 엿듣고) 뭣을 맡는다구요, 어머님?

할 머 니 (버들의자에 앉는다. 마거릿은 의자 뒤에 선다) 이곳을
말이다.

쿠 퍼 (후면 중앙에서) 어머니, 정말 쇼크를 받으셨군요.

메 이 (쿠퍼와 함께 어머니에게 간다) 그래요. 우리도 모두
쇼크를 받았어요. 하지만 ─.

쿠 퍼 우린 실제적인 문제를 생각해야죠 ─.

메 이 아버님은 생각 없이 이곳을 절대로 안 주실 거
예요. 그런 ─.

쿠 퍼 무책임한 인물에게는요.

할 머 니 아버진 누구 손에도 안 넘겨 주실 거다. 절대로
안 돌아가신단 말야. 너희들 다 내 말을 똑똑히
마음에 새겨 두어라!

메이는 할머니 위쪽에 앉는다. 마거릿은 문을 향해 오
른쪽으로 간다. 쿠퍼는 약간 왼쪽 중앙으로 간다.

메 이 어머님, 어머님, 우리도 아버님 병환에 대해서 어머님처럼 희망적이고 낙관적이에요. 우린 기도의 능력을 믿어요 ─ 하지만 미리 의논해서 결정지어 둬야 할 몇 가지 일이 있거든요. 그러지 않고 있다가는 ─ .

쿠 퍼 여보, 우리 방에 가서 가방 좀 가져와요.

메 이 네. (일어나서 왼쪽 마루를 통해 나간다)

마 거 릿 (무대 전면 베란다에 있는 브리크에게 가며) 안에서들 하는 소리 듣고 있어요? (오른쪽 베란다 문으로 다시 돌아온다)

쿠 퍼 (할머니 위쪽에 서서 몸을 할머니 쪽으로 구부리고) 어머니, 금방 어머니가 하신 말씀 다 거짓말이죠. 전 말은 안 해도 저대로 아버지를 사랑하고 있어요. 겉으로 나타내질 않았지만요. 아버지도 말씀은 안 하셔도 늘 저를 좋아하시는 걸 알아요.

마거릿이 후면 오른쪽 베란다로 나간다. 메이는 가방을 들고 돌아와서 쿠퍼에게 간다.

메 이 여보, 여기 가방 있어요.

그에게 준다.

166

쿠　퍼　(메이에게 가방을 돌려준다) 수고했어. 물론 아버지
　　　와 저와의 사이는 아버지와 브리크와의 사이하
　　　곤 성질이 다르지만요.

메　이　당신은 서방님보다 여덟 살이나 위가 아녜요.
　　　항상 서방님보다 무거운 짐을 져 오지 않았수.
　　　서방님이야 축구하고 술 마시는 일 외엔 아무것
　　　도 하신 일이 없지 뭐유.

쿠　퍼　여보, 내 말을 가로채지 말아요.

메　이　알았어요.

쿠　퍼　2만 8천 에이커의 땅덩이를 운영해 나간다는
　　　건 굉장히 힘드는 일이에요.

메　이　더구나 혼자 손에 말이에요.

할머니　아니, 언제 네가 이 고장을 운영해 본 적이 있
　　　니? 도대체 무슨 소리냐? 마치 아버지가 돌아
　　　가셔서 네가 여태껏 운영해온 것처럼 얘길하다
　　　니. 네가 도와드린 일이라곤 사소한 사무적인
　　　일 몇 가지밖에 더 있니? 그것도 네 법률 공부
　　　실습에 도움이 많이 되었을 거다.

메　이　아이, 어머님도. 공평하게 따지세요! 아버님 건
　　　강이 나빠지기 시작했을 때부터 여태껏 5년 동
　　　안이나 이곳을 운영해 오느라 밤낮으로 얼마나
　　　애를 많이 썼다구요! 아범은 그걸 짐으로 생각
　　　지 않고 묵묵히 해왔으니까 그런 말은 하지 않

겠지만요. 한데 서방님은 한 게 뭐 있어요? 졸
업 후에도 대학 시절의 영광을 그대로 누렸죠.

쿠퍼는 한 손으로 메이의 다리를 만지며 말을 제지한
다. 마거릿은 전면 베란다로 뛰어간다.

쿠 퍼 스물일곱 살까지 축구 선수 노릇을 했죠!

마 거 릿 (후면 오른쪽 문으로 뛰어들어오며) 지금 누구 얘기를
하고 있는 거예요? 브리크 얘기예요? 축구 선
수라구요? 그인 이제 축구 선수가 아닌 걸 다
아시잖아요? 텔레비전의 스포츠 아나운서예요.
이 고장에서 제일 유명한 아나운서죠!

메 이 (후면 중앙으로 가며) 난 과거 얘기를 하는 .

마 거 릿 (아래쪽 베란다 문 위로 가며) 어쨌든 제 남편 얘기
들은 그만해 줬으면 좋겠어요!

쿠 퍼 (마거릿 위쪽으로 간다) 내 말을 들어 보세요. 나는
우리 집안 식구들하고 내 친동생 얘기를 할 권
리가 있어요. 계수씨는 이 집안 식구가 아니예
요!(손가락으로 마거릿을 가리킨다. 마거릿은 그 손가락
을 탁 쳐버린다) 자, 나가서 동생하고 같이 술이나
드시죠?

마 거 릿 동생한테 이렇게 악의를 품은 사람은 처음 봤어
요.

쿠 퍼 그 애는 나한테 어떻게 합디까? 왜 나하고 한
　　　 방에 있지도 못하죠?

브리크 (낮은 베란다에서) 그건 사실이에요!

마거릿 이건 이 세상에서 제일 더럽고 추잡한 이유로
　　　 교묘하게 꾸며낸 계획적인 욕이에요. 난 그게
　　　 뭔지 다 알아요. 탐욕 때문이에요! 더러운 욕심
　　　 때문이에요! 욕심요!

할머니 아유, 그만들 두지 않으면 내가 소릴 지를 테다!
　　　 마거릿, 이리 오너라. 이 늙은이 옆에 앉거라.

마거릿 (할머니에게 와서 위쪽에 앉는다) 다정하신 어머님.

　　　 쿠퍼 술장으로 간다.

메 이 어머님을 위하는 체하는 저 훌륭한 광경을 보세
　　　 요! 매기는 왜 애가 없는지 아세요? 그렇게 크
　　　 고 미남인 운동 선수 남편께서 같이 잠자리에
　　　 들려고 하지 않으니까요. 그래서 애를 못 낳는
　　　 거죠.

　　　 침대 왼쪽으로 가서 쿠퍼를 쳐다본다.

쿠 퍼 당신은 내가 일을 점잖게 처리하지 못하게 하는
　　　 구려. 그런데 ━ (버들의자 위쪽으로 간다) 저는 아

버지가 저를 좋아하시거나 싫어하시거나, 또 좋아하셨던지 싫어하셨던지, 혹은 앞으로 좋아하시건 싫어하시건 아무 상관 없어요! 다만 세상 이목과 공정한 일처리를 위해서 하는 말이에요! 나는 진실을 말하는 거예요. (전면 오른쪽 베란다에 있는 브리크에게로 간다) 난 네가 이 세상에 태어나던 그날부터 아버지의 편애에 대해 유감이 많아. 난 그저 욕이나 얻어먹어야 할 놈처럼 취급하셨단 말이다. 아니, 어떤 때는 욕먹을 자격조차도 없는 주제였지. (방으로 다시 돌아와서 버들의 자 위쪽으로 간다) 아버진 암으로 돌아가시게 되셨어. 전신에 다 퍼져서 신장과 기타 모든 중요한 기관에 다 침투되었단 말야. 그리고 곧 요독증에 걸리시게 되어 있어. 요독증이 어떤 거라는 건 다들 알겠지. 그 독을 제거할 능력이 없기 때문에 전 신체 조직으로 독이 퍼지게 되지.

마 거 릿 독, 독이라구요. 정말 유독한 생각과 말을 하시는군요. 마음속으로 그런 생각을 하는 것이 바로 독이에요.

쿠 퍼 나는 정당한 처리를 원하고 있을 뿐이오. 기어코 정당하게 처리하겠어. 만일 내 뒤에서 어떤 간계를 꾸미는 일이 있다면 나는 누구에게나 고문 변호사 노릇은 안 할 테니까! (아래쪽 베란다 문

으로 간다) 난 나 자신의 권익을 지킬 방법을 알
고 있어요.

멀리서 천둥 소리.

브 리 크 (무대 전면 문을 통해 방으로 들어오며) 폭풍이 불 모
양이야.

쿠　퍼 아, 좀 늦으셨군!

메　이 (중앙을 통해서 술장 아래로 가며) 보세요! 개선장군
입성이오!

쿠　퍼 (중앙을 통해서 술장으로 간다. 절뚝거리는 시늉을 내며
브리크를 쫓아간다) 전설적인 존재 브리크 폴리트
씨! 기억하세요? 그분을 잊을 수 있나요?

메　이 운동 시합이라도 하다 다치신 것 같군요?

쿠　퍼 그러게 말야. 금년에도 '슈거 볼' 경기장에서 관
중들을 열광케 할까 모르겠군! 그 유명한 런인
을 한 게 '로즈 볼' 경기장에서였나? (천둥 소리,
바람이 이는 소리)

메　이 (브리크의 왼쪽으로 간다. 브리크는 이미 술장에 와 있다)
'술 마시기' 경기장이었죠. 여보, '술 마시기' 경
기장이었다니까요.

쿠　퍼 아, 그랬었군! 난 자꾸만 혼동을 한단 말야! (브
리크의 궁둥이를 톡톡 두들긴다)

마 거 릿   (쿠퍼에게 달려와서 그를 때리며) 그만하세요! 그만
두지 못하겠어요!

천둥 소리, 메이는 쿠퍼 왼쪽에서 마거릿에게로 가서
두들긴다. 쿠퍼는 두 여자를 떼어놓는다. 레이시가 레
인 코트를 입고 무대 후면 잔디밭을 뛰어간다.

레이시와 슈키   (왼쪽 후면 무대 뒤에서) 폭풍이오! 폭풍이 불
어와요! 폭풍! 폭풍!

쿠   퍼   (오른쪽 베란다로 가서 레이시를 부른다) 레이시, 내
캐딜락 차에 뚜껑 좀 덮어 줘! 알았어?

레 이 시   (오른쪽 무대 뒤에서) 네, 알았습니다.

쿠   퍼   (할머니 위쪽으로 가며) 어머니, 파커 소송 문제로
내일 아침 전 멤피스로 떠나야 합니다.

메이는 침대 왼쪽에 앉아서 가방에서 서류를 꺼내 정리
한다.

할 머 니   그래?

메   이   네.

쿠   퍼   그러니까 이 문제를 ― 해결짓고 가야 할 게 아
녜요 ― .

메   이   중요한 문제니까 연기할 수 없거든요.

쿠   퍼 브리크가 취하지만 않았다면 이 문제에 대해서 같이 의논해야 할 텐데요. 내가 이 문제를 내놓을 땐 브리크도 참석해야 할 텐데요.

마 거 릿 (후면 중앙에서) 브리크가 여기 있잖아요. 우리 둘이 다 참석하고 있어요!

쿠   퍼 좋습니다. 그럼 나하고 내 비서인 톰 불리트가 만든 이 초안을 드리죠 ─ 명의상의 보호인으로 된 ─ .

마 거 릿 바로 그것이군요! 모든 걸 도맡아서 짤끔짤끔 생활비를 내주시겠다구요.

쿠   퍼 병원에서 아버지 병환에 대한 소식을 듣자마자 우린 곧 이 초안을 만들었어요. 이 명의상 보호인으로 한다는 문서를 초잡기 시작했죠. 남(南) 플랜터 은행의 중역회장 겸 멤피스의 신탁회사 사장인 시 시벨로즈 씨의 조언과 협력을 받았어요. 그 사람은 서 테네시 주와 이 삼각주에 있는 명문가의 재산을 관리하는 사람이죠.

할 머 니 쿠퍼야.

쿠   퍼 (할머니 아래 자리 뒤로 가며) 이것은 결정적인 ─ 것은 아닙니다. 그런 건 아녜요. 이건 예비 초안이에요. 하지만 ─ 기본적인 계획 ─ 즉 가능한 ─ 실현시킬 수 있는 ─ 계획입니다.

그는 메이가 그의 손에 집어 넣어준 서류를 흔든다.

마 거 릿 (전면 왼쪽으로 가며) 그렇죠, 그것은 틀림없는 계
획일 거예요! (천둥 소리, 내부의 불이 흐려진다)

메 이 이건 이 삼각주에서 제일 큰 재산이 무책임한
인간에게 넘어가는 걸 방지하는 계획이죠. 그리
구 ㅡ.

할 머 니 자, 내 말을 듣거라. 다들 내 말을 들으란 말이
다! 내 집에서는 더 이상 그 따위 쓸데없는 얘기
들일랑 하지 마라! 그리구 쿠퍼야, 내가 네 손에
서 그걸 빼앗아 찢어 버리기 전에 빨리 없애 버
려! 빌어먹을, 그 속에 무슨 말이 써 있는지는
모르지만 난 그놈의 것은 알고 싶지도 않다. 난
너희 아버지식으로 말하겠다. 난 아직도 어엿한
부인이지 과부가 아니란 말이다. 아직은 너희
아버지 마누라야! 그러니까 영감님식으로 말하
겠다.

쿠 퍼 어머니, 이건 다만 ㅡ.

메 이 그건 하나의 계획일 뿐이라고 설명하지 않았어
요…….

할 머 니 네가 가지고 있는 것이 무엇이든 상관 않는다.
어서 도로 집어넣어라. 다시는 보기 싫다. 그 겉
장조차도 꼴보기 싫다니까. 알아들었니? '기본'

'계획' '예비' '설계'! — 그 — 너희 아버지가 화
가 나면 하는 욕이 뭐더라?

비구름이 하늘로 몰려간다.

브 리 크 (술장에서) 화가 나시면 '제기랄' 그러시죠.
할 머 니 (일어나며) 맞았어 — 제기랄! 나도 너희 아버지
처럼 한마디 하겠다. 제에에에기랄!

천둥 소리.

메　이 그런 욕이 이런 일에 무슨 — .
쿠　퍼 이런 행동은 정말 모욕적이에요.
할 머 니 아무도 손 못 대! 아버지가 내놓으시기 전에는.
내놓으시더라도 안 될지 몰라 — 내놓으시더라
도 말이다! 안 되지! 그래도 안 된단 말야!

천둥이 내리친다. 왼쪽 무대 뒤에서 유리창 깨지는 소
리. 후면 오른쪽 무대 뒤에서 아이들이 울기 시작한다.
좌우에서, 마구간에서 가축들이 무서워 우는 소리, 종
이가 바삭거리는 소리, 덧문이 덜커덩거리는 소리 등등
이 들려 온다. 슈키와 레이시는 잔디밭 쪽에서 왼쪽에
서 오른쪽으로 급히 간다. 무슨 뜻인지 데이지는 가죽

베개 두 개를 가지고 치고 있다. '폭풍이오! 폭풍!' 하는
소리가 들려 온다. 슈키는 잔디밭에 있는 가구를 덮느
라고 포장용 종이 한 장을 가지고 흔들며 간다. 메이는
마루로 나가서 후면 베란다로 간다. 낯선 사람 하나가
잔디밭을 오른쪽에서 왼쪽으로 가로질러 뛰어간다. 계
속해서 천둥 소리.

메　이　슈키, 빨리빨리 현관 가구를 덮어. 페인트가 벗
　　　　겨지면 어쩔려구? (전면 오른쪽 베란다를 향해 나간
　　　　다. 쿠퍼는 마루를 통해서 오른쪽 베란다로 뛰어나간다)

쿠　퍼　(오른쪽에서 나타난 레이시에게 소리 지른다) 레이시,
　　　　내 차 좀 차고에 넣어 주게!

레이시　안 돼요, 열쇠를 주셔야죠! (무대 후면으로 퇴장)

쿠　퍼　아냐, 자네가 가졌어. (전면 오른쪽으로 퇴장. 후면
　　　　오른쪽에서 다시 나타나서 메이를 부른다) 자동차 열
　　　　쇠 어디 있지? (중앙으로 뛴다)

메　이　(전면 오른쪽 베란다에서) 당신 호주머니 속에 있지
　　　　않아요!

전면 오른쪽으로 퇴장. 쿠퍼는 후면 오른쪽으로 나간
다. 개 짖는 소리, 데이지와 슈키가 아이들을 달래느라
고 후면 오른쪽 무대 뒤에서 노래 부른다. 메이가 아이
를 달래는 소리가 들린다. 폭풍이 잔잔해진다. 폭풍이

부는 동안 마거릿은 전면 오른쪽 카우취에 와서 앉고
할머니는 전면 중앙으로 온다.

할 머 니 브리크야! 이리 오너라. 난 네가 있어야겠어. (멀
리서 천둥 소리, 애들이 낑낑거리는 소리. 메이는 왼쪽 무
대 뒤에서 애들을 달랜다. 브리크는 할머니 오른쪽으로 간
다) 오늘 저녁 브리크는 꼭 어렸을 때같이 보이
는구나. 집 뒤에 있는 과수원에서 짓궂은 장난
을 하던 그때 모습과 똑같다. 내가 막 사납게 불
러대야 들어오곤 했지. 그냥 ─ 땀을 뻘뻘 흘리
며─ 볼이 새빨개 가지고, 반짝이는 고수머리가
졸린 눈으로 기어 들어왔단 말이다,─ (멀리서 천
둥 소리, 애들 낑낑거린다. 메이가 왼쪽 무대 뒤에서 애들
을 달랜다. 개가 짖는다) 세월은 정말 빠르구나. 그
보다 더 빠른 게 어디 있겠니. 죽음이 너무 일찍
다가오는구나 ─ 삶이라는 것에 채 익숙해지기
도 전에 ─ 죽음과 마주쳐. 정말 우린 서로 사랑
해야 된다는 걸 모르니? 될 수 있는 대로 가깝게
들 붙어서 살아야 돼. 더구나 이런 불행한 일이
닥쳐왔을 때는 말이다. 그 불행은 부르지도 않
았는데 불쑥 나타난 불청객이지만. (멀리서 개 짖
는 소리) 브리크야, 넌 아버지 아들이다. 아버지
가 얼마나 너를 사랑하시는 줄 아니. 넌 아버지

의 제일 큰 소원이 뭔지 아니? 만약에 말이다! 만약에 아버지가 돌아가셔야 될 몸이라면 — (멀리서 개 짖는 소리) 네 아들을 보시고 돌아가시는 게 소원이시란다. 너를 꼭 닮은 아들을 말이다. 네가 아버지를 꼭 닮은 것처럼 — .

마 거 릿 그것이 아버님 소원이신 건 저도 알아요.

할 머 니 그게 아버지 소원이시다.

할아버지 (전면 오른쪽 무대 뒤 베란다에서) 그놈의 바람이 이 고장을 제멋대로 한번 해보고 싶은 모양이다.

레이시가 후면 왼쪽에 나타나서 잔디밭 후면 중앙으로 간다. 브라이트와 스몰은 잔디밭 후면 오른쪽에 나타난다. 할아버지는 후면 오른쪽 베란다로 간다.

메   이 샌님, 저녁 진지 잡수셨사와요?

브라이트와 스몰 진지 잡수셨습니까?

마 거 릿 (오른쪽 문으로 가며) 아버님이 베란다에 나오셨어요.

할아버지 폭풍이 강건너로 지나갔느냐, 레이시?

레 이 시 네, 아주 멀리 달아났습죠.

할머니는 할아버지 목소리가 베란다에서 들리자 마루 문 쪽으로 간다. 이제 전면 오른쪽으로 가서 전면 문을 통해 베란다로 나간다.

할 머 니 난 여기 못 있겠다. 아버지가 내 눈을 보시면 눈
치채실 테니까.

할아버지 (후면 베란다에서 일꾼들에게) 무슨 피해라도 없었
는가?

브라이트 크롤리 아주머니 댁 현관이 날아갔습죠.

할아버지 그놈의 늙은이가 현관 위에 앉아 있었어야 하
는 건데. 바람이 크롤리를 실어 가야 할 때도
된 것 같은데 그래! (일꾼들은 웃으며 후면 오른쪽으
로 퇴장. 후면 중앙 마루문을 통해서 방으로 들어온다)
들어가도 되겠니?

술장 위에 있는 재떨이에 시거를 놓는다. 메이와 쿠퍼
는 후면 베란다로 급히 따라와 할아버지 위쪽 마루문에
선다.

마 거 릿 폭풍 때문에 깨셨군요, 아버님?

할아버지 어느 폭풍을 말하는 거냐? ─ 밖에서 일어난 폭
풍 말이냐, 아니면 이 방에서 일어난 소동 말이
냐?

쿠퍼는 할아버지 앞을 몸을 웅크리고 지나온다.

쿠　　퍼　(법률 서류들이 널려 있는 침대로 가면서) 잠깐만…….

메이도 쿠퍼를 따라가려고 할아버지 옆으로 몸을 웅크
리고 가려고 하나 할아버지가 못 가게 팔을 벌려 메이
를 꼭 껴안는다.

할아버지　굉장히들 떠들어대는 소리 나도 들었다. 뭐 중
요한 문제를 의논하는 것 같더구나. 도대체 무
슨 회의였냐?

메　　이　(당황해서) 아니 ― 아무것도 아녜요…….

할아버지　(전면 왼쪽 중앙으로 가며 메이를 끌고 간다) 쿠퍼야,
그 가방에 집어넣는, 배가 불룩한 봉투는 대체
뭐냐?

쿠　　퍼　(침대 발치에서 서류를 봉투에 집어넣다가 들켰다) 이거
요? 아무것도 아닙니다 ― 뭐 별것 아니예
요…….

할아버지　아무것도 아니라구? 정말 그 많은 게 아무것도
아니게 보이는구나. (후면에 있는 다른 사람들에게로
몸을 돌리며) 다들 젊은 내외 얘기를 알고 있겠지
― .

쿠　　퍼　네, 압니다.

할아버지　브리크도 있었구나 ― .

브 리 크　아버지셨군요.

할아버지 위쪽으로 사람들이 반원을 이루고 있다. 마거
릿이 오른쪽 맨 끝, 그 다음이 메이, 쿠퍼, 할머니 그리
고 브리크가 왼쪽에 서 있다.

할아버지 어느 일요일날 젊은 내외가 아들을 데리고 동
물원 구경을 갔지. 하느님의 모든 창조물이 우
리 안에 들어 있는 걸 잘 구경했단 말이다. 만
족스럽게 말이야.

쿠 퍼 만족했죠.

할아버지 (후면 중앙으로 가서 앞을 향해) 아주 따뜻한 봄날이
었지. 늙은 코끼리란 놈이 호콩보다도 딴 데 생
각이 있었단 말야. 브리크야, 너도 이 얘기 알
지? (쿠퍼가 고개를 끄덕인다)

브리크 아뇨, 모르는데요.

할아버지 바로 옆에 붙은 우리에서 젊은 암코끼리가 암
내를 내고 있었거든!

할머니 (할아버지 어깨에 와서) 아이, 당신두!

할아버지 왜 그래? 목사는 가지 않았어? 자, 그런데 옆
의 우리에 있는 암코끼리가 굉장히 자극적인
암내를 내면서 근사한 분위기를 조성하고 있었
거든. 자, 이만하면 내가 꽤 점잖게 말을 하지,
브리크야?

브리크 네, 그만하면 괜찮습니다.

할아버지　브리크가 됐다는군.

할 머 니　아유, 여보!

할아버지　(전면 중앙으로 가며) 그런데 이 늙은 수코끼리는 아직두 서너 번 교미할 만한 힘이 있었대. 그놈은 코를 말아 올리고는 옆 우리의 암코끼리 냄새를 쑥 들이마셨지 — 우리 안의 흙을 발로 파고, 살창을 머리로 받고 야단이었대. 한데 제일 중요한 건 옆에서 보는 코끼리 모양이 굉장히 변했더란 말이다. 눈에 띄게 달라진 게 있었더란 말야. 내가 상당히 고상한 말을 쓰지, 브리크?

브 리 크　네, 지독히 고상하십니다!

할아버지　그래서 꼬마가 그걸 가리키며 “저게 뭐야?”하고 물었지. 그 애 엄마는 “아, 그건 아무것도 아니다!” 했대 — 그 애 아버지는 “꼴 좋게 됐군!” 했다나.

일꾼들이 무대 뒤 오른쪽에서 노래 부른다. 슈키가 주가 되어 〈나 혼자서는 살 수 없어요〉라는 노래를 끝까지 부른다. 할아버지는 왼쪽에 있는 브리크에게로 간다.

할아버지　브리크야. 내 얘기가 우습지 않니?

할머니는 울면서 전면 중앙으로 간다. 마거릿이 할머니에게 간다. 메이와 쿠퍼는 후면 오른쪽 중앙에 그냥 있다.

브 리 크 네, 조금도 우습지 않아요.

낮은 베란다에서 할머니가 운다. 할아버지는 할머니 쪽을 본다.

할아버지 저기 저 기다랗고 비척 마른 여자 왜 저러지? 다이아몬드를 잔뜩 매달고 말야. 이봐, 누군지는 몰라도 왜 그러우?

마 거 릿 (할아버지에게로 가며) 약간 어지러우시대요.

할아버지 (후면 왼쪽 중앙에서) 그건 정말 조심해야 되오. 마누라, 졸도가 얼마나 위험한지 알지.

마 거 릿 여보, 아버님은 당신이 선물한 가운을 입으셨어요. 캐시미어 가운 말예요. 정말 부드럽더군요.

할아버지 그래, 오늘은 내 부드러운 생일날이다. 금은 보석 같은 생일날이 아니라 폭신폭신한 생일날이다. 이 할애비의 폭신폭신한 생일날이니까 모든 게 다 폭신폭신해야지.

매기는 중앙에 있는 할아버지 앞에 무릎을 꿇는다. 쿠

퍼와 메이가 말을 하자 할머니가 그들 앞으로 가서 몸
짓으로 조용히 하라고 이른다.

쿠　퍼　계수씨, 이런 노골적인 말을 하긴 싫지만, 좀
　　　　점잖지 못하게 그게 무슨 ─.

메　이　축구할 때 천천히 태클하는 것 같군요 ─.

마거릿　여보, 아버님이 제가 드린 중국제 실내화를 신
　　　　으셨어요. 아버님, 제가 드릴 아주 큰 선물이 있
　　　　는데요. 지금 드리겠어요. 이제 아버님께 그걸
　　　　드릴 때가 온 것 같아요. 공개할 얘기가 있어요!

메　이　뭐? 무얼 공개해?

쿠　퍼　스포츠 공개 방송인가요?

마거릿　새생명의 출발입니다! 아이가 생겼어요. 브리크
　　　　의 아이가 고양이 매기 몸에 잉태되었어요. 전
　　　　브리크의 아이를 가지고 있어요. 이것이 아버님
　　　　생신날 제가 드리는 선물이에요!

할아버지는 자기 뒤쪽으로 해서 전면 왼쪽에 있는 문으
로 가는 브리크를 본다.

할아버지　일어나거라. 아가야, 어서 일어나거라. (할아버
　　　　지는 마거릿을 일으킨다. 할아버지는 마거릿의 오른쪽
　　　　위로 가서 가운 호주머니에서 꺼낸 새 시거 끝을 깨물어

　　　　버린다. 그러고는 마거릿을 살핀다)

할아버지　으흥, 아이를 가졌어! 거짓말이 아니냐!

할 머 니　아버지 소원이 이루어지셨구나!

브 리 크　맙소사!

할아버지　(버들의자 아래 오른쪽으로 가며) 쿠퍼야, 내일 아침
　　　　우리 변호사를 불러 오너라.

브 리 크　아버지, 어딜 가세요?

할아버지　내 왕국을 물려주기 전에 지붕 위에 있는 망루
　　　　에 올라가서 내 왕국을 굽어보고 싶다 —나일
　　　　골짜기 이쪽에서 제일 기름진 2만 8천 에이커
　　　　의 땅을 말이다.

　　　　오른쪽 문을 통해 전면 오른쪽 베란다로 퇴장

할 머 니　(따라가며) 여보, 영감, 영감 — 나도 같이 가요.

　　　　전면 오른쪽으로 퇴장. 마거릿은 전면 중앙 거울 있는
　　　　쪽에 있다.

쿠　　퍼　(술장으로 가며) 브리크야, 그 술 한 잔 줄 수 없겠
　　　　니?

브 리 크　(전면 왼쪽 중앙에서) 아니, 갖다 드세요.

쿠　　퍼　그래야겠다.

메　이 (앞으로 오며) 물론 그 얘긴 거짓말이야!

쿠　퍼 (마신다) 조용히 해, 여보!

메　이 (술장에 있는 쿠퍼에게 가) 조용히 못 하겠어요! 꾸민 연극인 걸 다 아는걸요!

쿠　퍼 염병할, 조용히 못해!

메　이 임신중이 아니란 말예요!

쿠　퍼 누가 임신중이래?

메　이 동서가 그랬지.

쿠　퍼 의사는 아무 말 없던데. 보오 의사는 그런 말 안 했어.

마 거 릿 (카우취 위 오른쪽으로 가며) 전 보오 의사한테는 안 갔어요.

쿠　퍼 (마거릿 왼쪽으로 가며) 그럼 어떤 의사한테 갔었소?

무대 뒤에서 노래 소리가 그친다.

마 거 릿 남부에서 제일 유명한 산부인과 의사한테 갔었어요.

쿠　퍼 어허, 그래요 ― (한쪽 발을 카우취 위에 올려놓고 마거릿을 굶려주려고) 그 의사 이름을 좀 대 주실 수 있겠어요?

마 거 릿 싫어요. 대 드릴 수 없습니다, 검사님.

메   이 (마거릿의 위쪽 오른쪽으로 오며) 댈 이름이 있어야
지. 있지도 않은 사람이 이름이 있나?

마 거 릿 있구말구요, 나한테 브리크의 아이가 있는 것과
마찬가지죠!

메   이 아니, 같이 자지도 않은 남자 아이를 어떻게 임
신하지. 뭐 특별한 ― (마거릿을 강제로 카우취에 앉
히고 중앙으로 간다. 브리크가 메이에게 간다) 서방님
은 밤낮 술만 마시는걸. 동서 꼴이 보기 싫으니
까 말야. 동서하고 관계하기 싫어서 소파에서
주무시지!

쿠   퍼 (카우취에 배를 깔고 누운 마거릿 위쪽으로 가며) 우릴
놀리려고 하지 마슈 ―.

메   이 (왼쪽 침대로 가서 베개를 구기며) 동서하고 같이 잠
도 안 자는 남자의 애를 어떻게 가질 수가 있느
냐 말야? 어떻게 임신을 해? 어떻게? 어떻게!

쿠   퍼 (날카롭게) 여보!

브 리 크 (메이 아래 오른쪽으로 가서 메이를 붙들고) 형수, 내가
저 사람하고 자는지 안 자는지 어떻게 아세요?

메   이 우리가 바로 옆방을 쓰니까, 또 두 방 사이엔
방음 장치가 안 되어 있으니까요.

브 리 크 아…….

메   이 밤마다 애원하는 소리와 거절하는 소리가 들리
거든요. 그러니 인젠 우릴 속일 생각은 하지 말

아요. 괜히 돌아가실 분을 놀리지 말아요 —.

브리크 형수, 같이 잔다고 누구든지 큰소리를 냅니까? 어떤 사람은 굉장한 소리를 내지만 어떤 사람들은 조용히 하던데요.

쿠 퍼 (걸상 뒤 오른쪽에서) 이 얘기는 전혀 무의미한 얘기요.

브리크 우리가 조용히 하는 사람인지 어떻게 아슈? 설사 벽에다 구멍을 뚫어 놓고 엿본다고 합시다. 때로 형님은 멤피스에 볼일 보러 가고 형수는 컨트리 클럽에서 목화의 여왕들하고 놀고 있을 때, 우리 내외가 잠깐 재미를 봤는지 어떻게 아느냐구요? 어떻게 아시느냔 말예요?

그는 버들의자 위쪽으로 간다.

메 이 서방님이 동서와 똑같은 수준으로 타락할 줄은 미처 몰랐어요. 그렇게 타락할 줄은 꿈에도 생각 못했지.

쿠 퍼 그런 수준까지 타락하진 않은걸.

브리크 (카우취 위 마거릿의 오른쪽에 앉으며) 형님은 얼마나 높은 수준에 계신가요? 말씀 좀 해보세요. 그래야 제가 그리 올라가든지 내려가든지 할 게 아녜요. (일어난다) 아버지가 하신 말씀 들으셨겠

죠. 틀림없이 마거릿은 아이를 가졌다고 하셨어
요.

메　이　그건 거짓말이야!

브리크　아니, 진실은 절대적인 거예요. 애를 가진 거예
요. 정말 그건 절대적인 거예요. 애를 가졌죠. (의
자 밑을 지나서 술장 아래로 간다) 그리고 이젠 이 브리
크를 죽어서 무덤 속에 묻힌, 보이지도 들리지도
않는 사람으로 생각지 마세요. 벽에다 구멍을 뚫
고 엿듣고 하는 짓은 집어치우란 말예요 — 난 취
했어. 졸립단 말야 — 매기처럼 생생하진 못해도
— 난 아직 살아 있어요…….

술을 따라 마신다.

쿠　퍼　(침대 오른쪽 발밑에서 가방을 들어 올리며) 갑시다.
여보, 이 정다운 한 쌍의 새를 방해하지 맙시
다.

메　이　그래요, 더러운 둥지죠! 거짓말쟁이들!

쿠　퍼　여보 — 잔말 말고 우리 방으로 가라니—

메　이　거짓말쟁이! (마루를 통해 퇴장)

쿠　퍼　(전면 오른쪽 마거릿 위쪽에서) 기다려 봅시다. 시간
이 해결할 문제니까. (술장 오른쪽으로 간다) 그렇
구말구, 우린 기다린단 말이다! (마루로 퇴장. 벽시

계가 열두 번을 친다. 매기와 브리크가 시선을 교환한다.
브리크는 술을 쭉 들이켜고 잔을 술장에 내려놓는다. 점
점 그의 표정이 변한다. 그는 날카롭게 숨을 내뿜는다. 그
숨소리에 이어 후면 오른쪽 무대 뒤에서 노래 소리 시작
된다. 〈내가 죽기 전에 시원한 물 한 잔 주오〉라는 노래가
시작되어서 막이 내릴 때까지 계속된다)

마 거 릿 (브리크의 숨소리를 듣고) **똑딱 소리예요?** (브리크는
노래하는 사람들을 행복한 듯 고마운 듯 쳐다본다. 침대
로 가서 베개를 집어들고 버들의자 위쪽을 건너서 전면
오른쪽 카우취를 향해 간다. 마거릿은 브리크의 손에서
베개를 빼앗아 가지고 일어나서 베개를 꼭 껴안고 중앙을
향해 선다. 브리크는 매기를 점점 감탄해 하며 쳐다본다.
매기는 빨리 전면 중앙으로 와서 베개를 침대에 내던진
다. 그러고는 술장으로 간다. 브리크는 매기를 지켜 보며
버들의자 아래쪽에서 대치한다. 마거릿은 술장에서 술병
을 모두 끄집어낸다. 마루로 가서 술병을 하나하나 후면
왼쪽 잔디밭으로 내던진다. 왼쪽 무대 뒤에서 병들이 깨
진다. 마거릿은 다시 들어와서 브리크를 똑바로 쳐다보며
후면 중앙에 서 있다) **당신의 '메아리 샘'은 이제 다
말랐어요. 나밖에는 당신 술을 사러 보낼 사람
이 없어요.**

브 리 크 레이시를 시키지 ─ .

마 거 릿 레이시한텐 금지령을 내렸어요!

브 리 크 나도 운전할 수 있어 — .

마 거 릿 당신은 운전 면허증을 잃어버렸죠? 러비 라이
트루트 술집에 반도 가기 전에 내가 미리 경찰
서에 전화를 걸어서 잡아올걸. 난 아버님께 거
짓말을 했어요. 하지만 그 거짓말을 정말로 만
들 수 있단 말예요. 그러면 내가 술을 사다 드리
지. 우리 오늘 밤 여기서 같이 취해 봅시다. 여
기, 죽음이 다가온 이 집에서 말예요. 어떻게 하
시겠어요? 어떻게 하시겠냐니까요?

브 리 크 (침대 왼쪽으로 가며) 난 당신한테 놀랐어. (브리크가
침대 끝에 앉는다. 그는 머리 위의 전등을 쳐다보고 나서
마거릿을 본다. 마거릿은 손을 뻗어 전등을 끈다. 그러고
는 빨리 침대 발치 브리크 옆에 가서 무릎을 꿇는다)

마 거 릿 정말 당신은 단념할 때도 멋있게 하는 연약하고
아름다운 인간이에요. 당신을 붙잡아 줄 사람이
필요해요 — 부드러운 애정으로 당신에게 다시
인생을 살게 해줄 사람이 말이에요. 당신은 소
중한 걸 내동댕이쳤어요. 그런 일을 난 해낼 수
있어요. 난 그렇게 하려고 단단히 마음먹었단
말예요 — 뜨거운 양철지붕 위에서 버티려는 고
양이의 결심보다 더 굳은 결심은 없을 거예요
— 안 그래요? 여보, 안 그러냐구요?

매기는 브리크의 **뺨**을 부드럽게 어루만진다.

— 막이 내린다 —

□ **작품 해설**

시적(詩的) 언어와 극적(劇的)
환상의 연금사(鍊金師)
— 〈뜨거운 양철지붕 위의 고양이〉에 부쳐—

차범석(극작가 · 예술원 회원)

테네시 윌리엄스는 아서 밀러와 함께 가장 전형적이면서 동시에 가장 개성적인 미국의 극작가라는 점에서는 이론이 없다. 유진 오닐 이래 미국의 희곡 문학을 세계적 수준으로 끌어올렸을 뿐만 아니라 브로드웨이 연극을 상업주의 연극으로 정착시켰다는 점에서도 이 두 극작가의 존재는 확고부동하다.

그러나 테네시 윌리엄스는 한 마디로 말해서 매우 매력적이면서도 그 정체를 짚어내기가 힘든 극작가다. 무대 기교의 우아함과 대사의 화려함은 하나의 미묘한 광채를 발산하는 발광체면서도 그의 희곡 세계는 인간의 심리와 그 내부를 끈질기게 굴착하는 데 신경과민증마저 느끼게 한다. 그러기에 그는 그의 후기 작품에 속하는 〈적응기간(Period Adjustment)〉에서 이렇게 표현하기도 했다.

전세계는 하나의 커다란 병원이며, 하나의 커다란 신경과 병동
이다.

그러므로 그의 작품에 등장하는 인물들이 하나같이 신경
증 환자이거나 비정상적인 편애에 사로잡혀 있어서 마치 프
로이드의 정신분석학적인 진단을 넘어선 것으로 묘사되어
불확실하고도 애매모호한 내면세계에서 벗어나지 못하고
있다는 점도 결코 배제할 수가 없을 것이다.
　테네시 윌리엄스 자신도 자기의 작품 세계의 특징과 연극
관에 대해서 다음과 같이 밝힌 바 있다.

　　나는 오직 보고 느끼는 연극을 원할 뿐이다. 색채감, 우아(優雅)
　　, 불확실성 그리고 인간들의 은밀한 공동의 놀이들, 이런 것들이
　　곧 희곡일 뿐이다. 따라서 작가의 사상이나 이념 같은, 그런 싸
　　구려 판매장에 진열된 기성품 같은 조잡한 것들이란 희곡이 아
　　니다.

　그러나 여기에서 그가 철저하게 무시하고 있는 '사상과 이
념'을 사실상 은근하게 활용하고 있으며, 그것은 그의 모든
작품을 분석하다 보면 분명하게 나타나기도 한다. 다시 말
해서 그의 대부분의 작품이 미국의 남부지방을 무대로 하여
현대인의 문제를 즐겨 다루고 있으며, 그의 주제 의식이 현
대생활의 특정한 면에 집중되고 있음을 쉽사리 알 수가 있

다. 따라서 그는 이러한 테마를 심리학적 공간 속에다 투영
시키면서 다른 한편으로는 정신분석학적 문제로 압축시키
는 동시에 가장 미국적인 문제 제기에서부터 현대사회 전역
으로 확대시키고 있음은 잘 알려진 분석 결과이기도 하다.

　한편 미국의 작가 가운데 미국의 남부지방을 즐겨 다룬
작가로는 윌리엄 포크너와 토머스 울프를 꼽을 수가 있다.
그러나 이 두 사람의 시각은 윌리엄스와 전혀 다르다. 테네
시 윌리엄스는 심리적인 변경으로 도피하여 그곳에서 미묘
하게 출렁거리는 인간 내면의 본질 문제를 다루기를 좋아했
다. 이를테면 유럽의 전통성에 집착한 문화와 거칠면서도
생명력이 충만한 신흥 부르주아지의 근성이나, 북부 사람들
의 원시적이며 실리적인 사고방식과의 충돌을 그려낸 점에
서도 쉽사리 알 수가 있다. 그것은 곧 미국의 남부사회가 새
로운 질서 앞에서 허물어져 내리는 비극성에다 초점을 맞추
고 있다고 볼 수도 있을 것이다.

　그 예는 그의 대표작인 〈욕망이라는 이름의 전차〉에서 쉽
게 발견할 수가 있다. 아름다운 꿈과 추억과 환상을 먹고 사
는 여주인공 블랭취는 스스로 '하얀 기둥이 있는 집'에서 살
고 있다고 자부하면서 고상한 교양과 세련된 미의식(美意識)
과 풍부한 상상력으로 자기 자신을 미화시키지만 결국은 누
이동생의 남편인 스탠리의 야수적인 본능 앞에서 여지없이
무너져 내리고 정복당하는 비극을 묘파하고 있다. 이처럼
그는 세련된 현대적 감각과 의식이 새로운 또 하나의 질서

와 만남으로써 일어나는 파괴와 퇴폐와 신경질적 발작으로
얼룩져 가는 자기 도취와 허위를 향하고 있음을 우리는 알
게 된다.

따라서 그의 작품 세계는 한 마디로 말하기에는 어려운
점이 많으나 굳이 표현하자면 그것은 심리적 리얼리즘에 속
한다고 보는 시각도 있다. 다시 말해서 테네시 윌리엄스의
리얼리즘은 유리알처럼 투명하고 맑다. 그 속에는 항상 꿈
과 추억과 환상으로 내적인 생명이 눈을 뜨고 있다. 그것은
헨릭 입센이나 아서 밀러처럼 사회적 문제나 외면적 사건을
해부하려는 시각과는 달리 내면적이며 심리적인 공간의 이
미지화와 상징적 가치를 지니고 있다는 데서 그 특징을 찾
을 수가 있다.

〈유리 동물원〉의 로라도, 〈여름과 연기〉의 아르마도, 그
리고 〈욕망이라는 이름의 전차〉의 블랭취도 모두가 미국 남
부 여성의 강인한 정신보다도 나약하고 섬세하고 예민한 감
수성을 내세워 좌절과 파멸의 구렁텅이로 몰아넣고 마는 하
나의 가학적(加虐的)인 방법을 즐기고 있다. 그런 관점에서
그의 희곡 〈뜨거운 양철지붕 위의 고양이(Cat on a Hot Tin
Roof)〉는 작가의 근본적 세계를 가장 명료하게 나타낸 대표
작이라 하겠다. 이 작품은 그가 1954년에 쓴 대표작으로,
1937년에 발표했던 처녀작 〈태양에 촛불을 (Candles to the
Sun)〉로부터 17년 후의 작품이니 그로서는 가장 의욕적인
시기에 쓴 작품이라고 하겠다.

여기서 잠깐 테네시 윌리엄스의 성장 과정을 살펴보기로 하자.

테네시 윌리엄스는 1911년 3월 26일 미시시피 주의 콜럼버스에서 제화회사 외판원의 아들로 태어났다. 그러나 그는 아버지가 자주 출장중이어서 성공회 목사였던 외조 부모 밑에서 유년 시절을 보냈는데, 이 남부의 소도시에서 그가 경험했던 크고 작은 사건들을 통하여 이미 인생의 뒤안길을 엿볼 수가 있었다고 한다.

일곱 살 때 아버지의 직장을 따라 세인트 루이스로 이사를 했으나 이 시절에 앓았던 질병으로 신장이 악화되고 보행이 부자유스러워졌다. 또한 내성적인 성격을 더욱 움츠러들게 했던 부모들의 불화와 폭군적인 아버지의 횡포가 먼 훗날까지 그림자처럼 따라다녔다. 뿐만 아니라 경제적인 어려움을 이겨내기 위하여 대학을 중퇴하고 제화회사에서 일한 적도 있었다.

그러나 그의 작가에 대한 열망은 어쩔 수 없어 조부모의 도움으로 아이오와 주립대학의 극작과를 1938년에 졸업한 다음 자유를 찾아 얼마 동안의 방랑생활을 하면서 세인트 루이스의 어느 소극단에서 그의 습작품이 상연되었고, 1939년 그룹 디어터 주최의 콘테스트에 단막극이 입선됨으로써 그의 극작가로서의 삶이 시작되었다. 그리하여 1945년 브로드웨이에서 첫선을 보인 〈유리 동물원〉이 공전의 성공을 하게 되자 테네시 윌리엄스의 화려한 극작가 시대가 활짝 열리게 되었다.

〈뜨거운 양철지붕 위의 고양이〉는 〈유리 동물원〉 집필로부터 꼭 10년 만에 내놓은 대표작의 하나로, 그 줄거리는 다음과 같다.

무대는 대지주인 빅 더디의 저택이며 때는 바로 그의 생일 파티가 있는 날이다. 빅 더디는 미국 북부의 속칭 '양키' 기질의 소유자로서 억만장자로 재물을 자랑하지만 그의 사생활은 허무하고 황량하다. 그의 자식 가운데 진정한 의미로서의 후계자는 한 사람도 없기 때문이다. 장남 쿠퍼는 냉철하고도 잔인하리만큼 출세주의를 고집하는가 하면 둘째 아들 브리크는 허위와 간계로써 축재를 한 아버지의 막대한 재산을 조소하며 날마다 술로 삶을 달랜다. 그가 술을 마시게 된 것은 고통을 잊어버리기 위해서라기보다는 그가 직시하고 있는 진실을 위해서며 허위와 가식으로 가득 찬 남부인의 생활을 거부하기 위해서다. 뿐만 아니라 그의 아름다운 아내 매기와는 성생활이 뜻대로 안 되는 상태다. 그가 오래전부터 동성연애를 즐기고 있다는 비밀이 탄로남으로써 부부간에 크게 균열이 생긴다. 그런가 하면 노처녀 고모는 아버지의 유산을 노리며 온갖 추태와 간계를 꾸미는 가운데 외면상으로는 세련되고 전통이 있어 보이나 그 내부에 도사리고 있는 부패와 악취는 물질주의의 파멸을 면치 못하게 한다.

이처럼 윌리엄스의 작품 세계에서는 신경과민증마저 보

인 데다가 무기력증까지 합쳐진 남부 사람들의 삶을 세련미와 우아함으로써 치장을 하나 그것들이 북부 사람들의 실리적인 사고방식에 의해 좌우되었을 경우 그들 스스로가 여지없이 타락의 구렁텅이로 떨어지고 마는 비정의 세계를 극명하게 그려내고 있다. 따라서 알코올 중독, 성도착주의, 황금만능주의 등 현대문명이 지니고 있는 온갖 죄악과 부패가 하나의 허무와 신경과민 증세로 남게 되는 데서 우리는 테네시 윌리엄스의 문학 세계가 어디쯤에 있는가를 확인할 수가 있을 것이다.

테네시 윌리엄스는 〈뜨거운 양철지붕 위의 고양이〉에서 인간의 아름다움보다는 추악상을, 양지바른 쪽보다는 그늘지고 음습한 곳에 움츠러든 인간상을 그리려고 했다. 그러면서도 그 악의 꽃들이 이루어 놓은 도취감과 히스테리컬한 불안과 초조, 그리고 도착된 섹스에서 오는 환상적인 쾌락의 그림자를 투영시킴으로써 현대인의 황량하고 살벌한 불모지대를 집요하게 파고드는 데 일관하였다.

〈장미의 문신(文身)〉〈지옥의 오르페우스〉〈이구아나의 밤〉, 그리고 〈지난 여름 갑자기〉 등 일련의 작품은 모두가 그와 같은 문제를 각각 분담이라도 했듯이 저마다의 예리한 시각에서 추구하였다. 그러나 그는 단 한 번도 그 성취감이나 승리감에 취해 본 적이 없었다. 그리고 그 자신도 가장 외롭고 병적이고 그리고 세기말적인 성도착증의 오뇌를 안은 채 히스테리컬한 일생을 마쳤다는 사실로 미루어 윌리엄스야말로 어쩌면 자신의 작품 세계 속에서 자기 방식대로 살다가 간 가장 정직한 삶의 수도자였을지도 모를 일이다.

이와 같은 그의 작품 경향은 두 말할 것도 없이 그의 성장 과정에서 오는 하나의 반사경이자 업보라고 보는 시각은 결코 우연한 것만은 아닐 것이다. 어려서부터 인생의 뒤안길을 경험하였고, 질병으로 인한 허약 체질에다가 내성적인 성격의 형성기에 설상가상으로 그의 누나가 정신질환을 앓게 됨으로써 그의 다정다감했던 시절을 온통 어두운 그림자 속으로 몰아넣고 만 데서 우리는 하나의 필연성마저도 느낄 수가 있을 것이다.

그러나 우리가 이 작품을 위시하여 그의 모든 희곡에서 발견할 수 있는 점은 감수성이 강한 서정시인의 섬세하고 영롱한 기질과, 준열한 리얼리스트로서의 예리한 필치다. 환상적인 시의 세계를 꾸려 나가면서 현실을 준열하게 관조하려는 테네시 윌리엄스의 희곡 세계에 우리는 탄복하지 않을 수가 없다.

> 우리는 누구나 모두가 문명인이라고 인식하지만 기실은 누구나 모두가 야만인이면서도 다만 약간의 문명인 수준의 생활률을 지키고 있을 뿐이다.

이렇게 피력한 바 있는 그의 술회 속에서 우리는 다시 한 번 그의 문학 세계의 위상을 재확인할 수가 있다. 즉 작가 자신의 이지러진 세계관이나 병적으로 비뚤어진 성(性)과 폭력과 욕망의 갈등을 노골적으로 표출시키는 데 주저하지 않았던 그의 대담한 현실 묘사는 1947년 〈욕망이라는 이름의 전차〉로 퓰리처상을 수상한 데 이어 1955년 〈뜨거운 양철지붕 위의 고양이〉로 두번째 퓰리처상을 획득하게 되었다. 뿐만 아니라 미국 연극계에서 권위를 자랑하는 뉴욕 극평가상을 세 차례나 받았던 그의 전력을 감안할 때 〈뜨거운 양철지붕 위의 고양이〉가 지니는 문학성은 더 이상 재론할 여지가 없을 것이다.

□ **연   보**

1911년   3월 26일 미시시피 주 콜럼버스에서 출생. 토머
          스 라니에 윌리엄스라고 명명됨.

1916년   디프테리아를 앓고 난 후 신장이 악화되고 다리
          가 약간 부자유스러워짐.

1918년   부친이 국제 제화회사에서 판매주임으로 승진하
          여 중서부의 대도시 세인트 루이스로 이주.

1927년   잡지 《스마트 세트》의 현상논문에 응모, 3등으
          로 입상하여 5달러의 상금을 받음. 이때부터 누
          이 로즈의 정신이상 증세가 나타나기 시작함.

1928년   괴기 소설 잡지 《웨이워드 테일즈》에 〈이집트
          여왕의 복수〉라는 단편소설을 투고, 35달러의
          상금 받음. 활자화된 작품으로는 최초의 것임.

1929년   미주리 대학에 입학. 대학에서 주최한 희곡 콘
          테스트에 입상하는 등 집필 활동에서 두각을 나
          타냄.

1931년   ROTC 입대자격시험에 실패하여 부친의 노여움

을 사서 미주리 대학을 떠나게 되고, 국제 제화
회사에서 일하지 않을 수 없게 됨. 그 후 낮에는
제화회사에서 일하고 밤에는 철야로 작품을 씀.

1935년   7월 12일 〈카이로! 상하이! 봄베이!〉라는 소극
이 멤피스에서 상연됨. 처음으로 상연된 윌리엄
스의 극임.

1936년   워싱턴 대학에 입학. 단막극, 시 등이 각종 콘테
스트에 입상함. 소극단 마머즈에 의해 〈태양과
촛불〉〈도망자〉가 상연됨.

1937년   아이오와 주립대로 편입, 극작을 배움. 누이 로
즈가 미주리 주에 있는 주립정신병원에서 뇌엽(
腦葉) 절개수술을 받음.

1938년   아이오와 주립대에서 학사학위 취득.

1939년   처음으로 테네시 윌리엄스라는 필명을 사용. 단
막극집 《아메리칸 블루스》가 그룹 디어터 주최
의 콘테스트에서 입상하여 100달러의 상금을 받
음. 1000달러의 록펠러 장학금 받음.

1940년   존 개스너가 관계하는 뉴욕의 뉴스쿨에서 상급
극작과정을 배움. 12월 30일 디어터 길드에 의
해 〈천사들의 싸움〉이 보스턴에서 초연됐지만,
참담한 실패로 끝남.

1941년   록펠러 장학금으로 500달러 받음. 이후 몇 년간
영화관의 안내원과 급사 등을 하면서 괴로운 수

업시대가 계속됨.

1943년 외조모가 암으로 사망.

1944년 12월 26일 〈유리 동물원〉이 시카고의 시빅 디어
터에서 초연, 호평을 얻음.

1945년 3월 31일 〈유리 동물원〉이 브로드웨이의 플레
이 하우스에서 개막. 연출은 애디 다울링과 마
고 존즈. 46년 8월 3일까지 563회 상연. 뉴욕
극평가상 · 시드니 하워드상 · 도날드슨상 수상.
9월 25일 〈건드린 것은 당신이다!〉가 뉴욕 부드
극장에서 상연, 100회 공연됨. 단막극집 《스물
일곱 대분의 목화를 가득 실은 화물차 및 그 밖
의 것들》을 출판.

1947년 12월 3일 〈욕망이라는 이름의 전차〉가 뉴욕 에
델 배리모어 극장에서 개막, 49년 12월 17일까
지 855회 공연. 퓰리처상 · 뉴욕 극평가상 · 도
날드슨상 수상.

1948년 〈유리 동물원〉이 런던에서 초연. 〈여름과 연기〉
가 뉴욕의 뮤직 박스 디어터에서 상연, 실패로
끝남. 단편 소설집 《한쪽 팔 및 기타》 출판.

1950년 중편 소설 《스톤 부인의 로마의 봄》 출판. 〈유리
동물원〉이 영화화됨.

1951년 2월 3일 〈장미의 문신〉이 뉴욕 마틴 벡 극장에
서 초연, 306회 공연됨. 토니상 수상함.

1952년   〈여름과 연기〉가 호세 퀸테로의 연출로 오프 브
　　　　로드웨이에서 대성공을 거둠.

1953년   3월 19일 〈카미노 레알〉이 뉴욕의 국립극장에
　　　　서 엘리아 카잔 연출로 60회 공연.

1955년   3월 24일 〈뜨거운 양철지붕 위의 고양이〉가 뉴
　　　　욕의 모로스코 극장에서 개막, 56년 11월 17일
　　　　까지 719회 공연. 뉴욕 극평가상·퓰리처상·도
　　　　날드슨상 수상.

1956년   시집 《도시의 겨울》을 출판.

1957년   3월 21일 〈지옥의 오르페우스〉가 뉴욕의 마틴
　　　　벡 극장에서 초연. 연출 헤롤드 클러먼. 68회 공
　　　　연. 여름부터 가을까지 정신과 의사의 치료 받
　　　　음. 윌리엄스의 부친 코넬리어스 코핀 윌리엄스
　　　　사망.

1958년   1월 7일 〈말할 수 없는 것〉과 〈지난 여름 갑자
　　　　기〉가 〈정원지역〉이라는 제명으로 오프 브로드
　　　　웨이의 요크 극장에서 초연. 계속 3년 동안 〈지
　　　　난 여름 갑자기〉 〈지옥의 오르페우스〉 〈여름과
　　　　연기〉 〈스톤 부인의 로마의 봄〉 〈청춘의 아름다
　　　　운 새〉가 영화화됨.

1959년   3월 10일 〈청춘의 아름다운 새〉가 뉴욕의 마틴
　　　　벡 극장에서 초연. 95회 공연. 연출 엘리아 카
　　　　잔.

1960년   11월 10일 〈적응기간〉이 뉴욕 헬렌 헤이즈 극장
에서 초연. 〈카미노 레알〉이 호세 퀸테로 연출
로 재연.

1961년   12월 28일 〈이구아나의 밤〉이 뉴욕의 로열 극장
에서 초연, 316회 공연됨. 연출 프랭크 코르사
로. 네번째의 뉴욕 극평가상 수상.

1963년   1월 16일 〈우유열차는 더 이상 멈추지 않는다〉
가 뉴욕 모로스코 극장에서 초연, 69회 공연. 가
장 친한 친구 프랭크 멀로가 암으로 사망. 이를
계기로 윌리엄스의 우울은 짙어만 가게 되며 60
년대의 어두운 붕괴의 시대로 치닫게 됨.

1965년   브란데이즈 대학이 수여하는 창작예술상 수상.

1966년   2월 22일 〈그내디게스 프로이라인〉과 〈훼손자〉
를 〈익살비극〉이라는 제명으로 뉴욕의 롱에이
크르 극장에서 초연.

1967년   12월 12일 〈두 사람만의 연극〉이 런던의 함스테
드 극장에서 초연.

1968년   3월 27일 〈지상의 왕국〉이 뉴욕 에텔 배리모어
극장에서 초연.

1969년   5월 11일 〈동경 호텔의 바에서〉가 오프 브로드
웨이에서 초연. 정신적인 붕괴상태를 일으켜 세
인트 루이스에 있는 반즈 병원의 정신과 병동에
입원.

1972년   4월 2일 〈작은 배 경고〉가 오프 오프 브로드웨이의 트럭 앤드 웨어하우스 극장에서 초연, 200회 공연. 〈이구아나의 밤〉 이래 처음 성공을 얻은 것임.

1975년   중편 소설 《모이즈와 이성의 세계》와 《회상록》 출판. 6월 18일 〈레드 데블 배터리 싸인〉이 보스턴의 슈버트 극장에서 초연.

1976년   1월 20일 〈이것이야말로〉가 샌프란시스코의 아메리칸 콘서베이토리 극장에서 초연.

1977년   5월 11일 〈비유 카레〉가 뉴욕 세인트 제임스 극장에서 초연되지만 5회 공연으로 끝남. 시집 〈안드로진〉을 출판.

1979년   1월 21일 〈크레브 쿨 공원의 멋진 일요일〉이 오프 오프 브로드웨이의 허드슨 길드 극장에서 초연.

1980년   3월 16일 〈호텔을 위한 여름의상〉이 브로드웨이의 코트 극장에서 초연.

1981년   8월 24일 〈희미한 것, 뚜렷한 것〉이 오프 오프 브로드웨이의 장 콕토 극장에서 초연. 봄 〈붕괴의 집〉이 시카고의 굿맨 극장에서 초연.

1982년   하버드 대학에서 명예박사 학위 받음.

1983년   2월 25일 뉴욕의 엘리제 호텔에서 사망.

옮긴이 오화섭

1916~1979년 영문학자.
인천 출생. 일본 와세다 대학 문학부 영문과 졸업, 동대학원 수료.
연세대 교수 역임.
저서 《현대 미국극》.
수필집 《물같이 와서 바람같이 가다》《이 조그만 정열을》 등.
번역 희곡 《우리 읍내》《태풍》《오델로》《밤으로의 긴 여로》 등.
평론 〈독백론〉〈문학적 비평의 위험지대〉〈셰익스피어의 비극〉 등.

뜨거운 양철지붕 위의 고양이

1판 1쇄 발행 | 1991년 10월 10일
2판 1쇄 발행 | 2011년 11월 5일
3판 1쇄 발행 | 2020년 5월 15일

지은이   테네시 윌리엄스
옮긴이   오화섭
펴낸이   윤형두, 윤재민
펴낸곳   종합출판 범우(주)

등록번호   제406-2004-000012호(2004년 1월 6일)
          10881 경기도 파주시 광인사길 9-13 (문발동 525-2)
대표전화   031-955-6900, 팩 스 | 031-955-6905

홈페이지   www.bumwoosa.co.kr
이메일   bumwoosa1966@naver.com

ISBN 978-89-6365-061-6 03840